河出文庫

生命式

村田沙耶香

kawade bunko

河出書房新社

生命式

目次

生命式

生命式

会議室でご飯を食べていると、ふいに後輩の女の子が箸《はし》を止めて顔を上げた。

「そういえば、総務にいた中尾さん、亡くなったみたいですね」

「えっ、ほんと？」

会議室に集まっていた5人ほどの同じ部署の女の子たちが、一斉に後輩を見た。

「脳梗塞《のうこうそく》だったみたいですよ」

私は中尾さんの人のよさそうな笑顔を思い浮かべた。ロマンスグレーの上品な男性で、よく私たちに取引先からもらったお菓子を分けてくれた。物腰の柔らかい、礼儀正しい人だった。定年で退職してからまだ数年しかたっていない。

「まだ若いのにね」

「ほんとよね。それって、いつだったの？」

「一昨日《おととい》亡くなったみたいです。今朝、会社に電話あったみたいですよ。今夜、式をやるからなるべく皆に来てほしいって、故人もそれを願ってたからって」

「そっかあ。じゃあ、今日はお昼、控えめにしとこう。デザートはやめとこっかな」

私と同期の女性が、プリンを開けないままコンビニの袋に戻した。一つ上の先輩が、肉じゃがを口に運びながら言う。

「中尾さん、美味しいかなあ」

「ちょっと固そうじゃない？　細いし、筋肉質だし」

「私、前に中尾さんくらいの体型の男の人食べたことあるけど、けっこう美味しかったよ。少し筋張ってるけど、舌触りはまろやかっていうか」

「そっかあ。男の人のほうが、いい出汁《だし》が出るっていうしね」

プリンの入った袋を片付けていた同期の子が振り向いた。

「池谷《いけたに》さんも行くでしょ？　生命式」

「あーうん、どうしようかなあ」

近所のコンビニで買った海苔《のり》弁当をつつきながら、私は曖昧《あいまい》に言って首をかしげた。

「えー、なんでですかあ。あ、ひょっとして、池谷先輩って人肉あんまり食べない人なんでしたっけ」

「違う違う。ただちょっと、最近胃もたれしてて。それに生理だし」

「生理なんですかあ。それは確かに」

納得したように、後輩の女の子が頷《うなず》いた。

「でも、生理でも妊娠できるかもですよお。行ったほうがいいですよ、生命式。受精できるかもしれないじゃないですかあ」

私は誤魔化すように笑いながら、ソースをかけすぎた白身フライをペットボトルのお茶で流し込んだ。

私が小さいころは、人肉は食べてはいけないものだった。確かに、そうだったと思う。

人肉を食べることが日常に染みついた世界の中で、だんだんと自信がなくなってくる。でも、30年前、私が幼稚園に通っていたころは、確かにそうだった。

幼稚園のころ、お迎えのバスの中で、しりとりに飽きた私たちは、食べたいものをあげていくゲームをはじめた。「くも！　ふわふわしておいしそう」「あめんぼ。味が甘そうだから！」などという子に続いて、一人の子が「ぞうさん」と言った。「大きくて、お腹いっぱいになれそうだから」

食いしん坊のその子に続いて、「じゃあキリンさん」「おサルさん」と動物の名前が続いた。

順番がまわってきた私は、「じゃあ、人間」と何の気なしに言った。おサルさんと言った女の子に合わせた軽い冗談のつもりだったのだ。

けれど、私の回答に、バスの中は騒然となった。

「えーっ」

「怖ーい……!」

「おサルさん」と言った私と一番仲良しの子まで、鼻水を垂らして泣きながら、「真《ま》保《ほ》ちゃん、なんでそんな怖いこと言うのお……!?」と途切れ途切れの声で言った。

連鎖反応のようにバスの中でどんどん皆が泣きだして、大騒ぎになった。

事情を聞いた先生は凄《すご》い形相《ぎょうそう》になって、「真保ちゃん、いくら冗談でもそんなこと言っちゃだめよ。ばちが当たっちゃうんだから!」と怖い顔で言い、私はしゅんとした。でも猿が良くてなんで人間は駄目なのか、私にはどうしてもわからなかった。

いつも優しい先生の見たこともない怖い顔と、その背後で泣き叫ぶ友達たちと、何て子供だと言いたげな険しい顔でこちらをぎろりとにらむ運転手さんの目つきを、今でもはっきりと覚えている。怖気《おじけ》づいた私は、一言も発することができないまま、バスの中で俯《うつむ》いていた。

バスの中にいるすべての人間が、その〝正しさ〟で私を糾弾していた。すっかり萎縮した私は、誰かが怒鳴り声でもあげたら恐怖が破裂して漏らしてしまいそうなほど身体をこわばらせ、息を止めて青ざめているのがやっとだった。

しかしそのころから、人類は少しずつ変わり始めていた。

人口が急激に減って、もしかしたら人類はほんとに滅びるんじゃないか、という不安感が世界を支配した。その不安感は、「増える」ということをだんだんと正義にしていった。

30年かけて少しずつ、私たちは変容した。セックスという言葉を使う人はあまりいなくなり、「受精」という妊娠を目的とした交尾が主流となった。

そして、誰かが死んだときには、お葬式ではなく「生命式」というタイプの式を行うのがスタンダードになった。昔ながらのお通夜やお葬式をあげる人もいるにはいるが、生命式で済ませれば国から補助金が出るのでかなり安くあがるというのもあり、ほとんどの人が生命式を行う。

生命式とは、死んだ人間を食べながら、男女が受精相手を探し、相手を見つけたら二人で式から退場してどこかで受精を行うというものだ。死から生を生む、というスタンスのこの式は、繁殖にこだわる私たちの無意識下にあった、大衆の心の蠢《うごめ》きにぴったりとあてはまった。

私は最近の人類の習性が、ゴキブリに似てきたような気がしている。ゴキブリは死んだ仲間を皆で食べるそうだし、死にかけのゴキブリは卵を大量に産むという話を聞いたことがある。もっとも、死者を皆で食べて弔うという部族はずっと昔からいたようなので、突然人間の中に生まれた習性というわけではないのかもしれなかった。

喫煙室でアメリカンスピリットの一ミリグラムに火を点《つ》けながら、山本が吹き出した。

「池谷、そんな子供のころのこと、今でも根にもってんの？」

　この会社のリフレッシュルーム、といっても名ばかりの自動販売機と椅子が並ぶだけのスペースの隅に喫煙室がある。ガラスで区切られた喫煙スペースの中では、違う部署の人ともよく一緒になる。山本ともここで話すようになった。

　山本は小太りの男で、私より三つ年上の39歳だ。気のいい人間で、どんな話でも、笑いはするけれど笑い飛ばすわけではなく受け止めてくれる感じが心地よくて、ついつい他の人には言わないようなことも言ってしまう。

　私は不貞腐《ふてくさ》れて、ハイライトのメンソールのフィルターをかみしめた。

「別に根にもってるわけじゃないよ。ただ、30年前は全然違う価値観が普通だったのに、変化についていけないだけ。なんだか、世界に裏切られたような感じがするの」

　山本は睫毛《まつげ》の長い、小さな丸い目を瞬《しばたた》かせた。

「ま、わからないでもないけど。そういえば、人肉って、幼稚園くらいのころは、食べちゃいけないものだったかもなあ」

「そうでしょ⁉　絶対そうだったでしょ？　なのに、今ではみんな、食べることがすごくいいことみたいに言うじゃん。それについていけないの」

「まあなあ。で、どうするの、今夜。行く？　中尾さんの生命式」

「山本は？」

山本は、「別に人肉反対派じゃないけど、人肉食べたくない仲間」なので居てくれると心強い。人肉を食べるのが主流になった今も、根強い反対派はいて、倫理に反する、と反対活動をしているグループもある。だけど、私と山本は別に倫理に反すると思って人肉を食べないわけじゃない。山本は、小学校六年生のころ祖父の生命式で少し生っぽい肉を食べて食あたりを起こしたことがあるだけだし、私は、別に人肉を食べるのが悪いことだと思ってるわけじゃない。子供のころ冗談とはいえ食べたいと言っていたくらいなのだから。ただ、あのとき私を裁いた倫理なんてどこにもなかったんじゃないか、と憤っているというだけなのだ。

山本が首の後ろを掻《か》きながら言った。

「行こうかなあ。受精できたらうれしいし」

「ふーん。じゃ、私も行こうかな」

煙草が切れた私は、山本のアメリカンスピリットの箱をとって一本吸った。

「美味しい？　これ。弱いと、本数が増えてお金がかかるし、結局身体にもわるくない？」

「いいんだよ、俺はこれくらいが好きなんだ」

山本は美味しそうに煙を吐き出した。

煙草を吸う人は少ないので、私と山本が透明なガラスで覆われた喫煙スペースを独占している。

一畳にも満たないスペースだけれど、ガラス越しに外を見ていると水槽の中の金魚みたいな気持ちになってくる。

私は山本からもらった煙草の煙を吐き出した。私と山本は自分たちが吐き出した白い霧の中でくだらない話をしながら、鮮明な外の世界を見つめていた。


夜、私と山本は連れだって、中尾さんの生命式へと向かった。生命式は生命の誕生を目的とするので、露出が激しい服や華やかな服装が好まれる。私は仕事着のグレーのスーツのままだったが、山本は赤いチェックのシャツに白いパンツを穿《は》いていた。

「やっぱ派手にいかないとな、生命式は」

山本は嬉《うれ》しそうに言ったが、彼の浅黒い肌にはあまり似合っていなかった。

中尾さんの家は世田谷の高級住宅地だった。ちょうど夕食時で、あちこちから食事の匂いが漂ってきている。その中の一つが、中尾さんを茹《ゆ》でる匂いなのかもしれなかった。

「ここだ」

携帯で地図を見ていた山本が足を止めた。少し年季の入った大きな一戸建ての家で、中からは味噌《みそ》の匂いがした。

「やっぱ味噌出汁かあ。白味噌も混じってるな。いいな、おいしそうだなあ」

山本は嬉しそうに鼻を動かして、中へと入っていった。

玄関に、「中尾勝《まさる》　生命式会場」と書かれたピンクの模造紙が貼《は》ってあった。

「こんばんはー」

声をかけてドアをあけると、中からエプロン姿の、上品な白髪の女性が出てきた。

「あ、いらっしゃい。どうぞどうぞ、もうそろそろ始まるところですから」

女性は中尾さんの妻のようだった。リビングに通されると、そこにはもう鍋が用意されていた。

季節の花がたくさん飾られた部屋の中央に置かれた鍋は、二つとも使い込まれた土鍋で、よく職場にお手製の炊き込みご飯を持ってきてくれた中尾さんが生前愛用していたものと推察された。物を大切にする中尾さんらしかった。

人肉は少し臭みがあり、癖があるので、焼いて塩こしょうなどのシンプルな食べ方には向かないとされる。しっかり下茹でをした後、濃厚な味噌の鍋にされることが多い。大抵は、調理までを業者に手伝ってもらう。今も、作業着を着た数名の男性が頭を下げて帰って行くところだった。

鍋を囲むように、飾り立てた男女が座っていた。もう目配せをしあったり、気にいった人と話し込んだりしている。「生命式」はもう始まりつつあるみたいだった。

「じゃあ、これから中尾の生命式を始めます。皆さん、命をたくさん食べて、新しい命を作ってくださいね」

中尾さんの妻がそう言いながら鍋のふたをあけた。白菜やえのきと一緒に茹でられた中尾さんがそこに入っていた。

「いただきます」

皆が手を合わせて言い、中尾さんを食べ始めた。綺麗《きれい》な薄切り肉になった中尾さんを口に運び、皆、口々に中尾さんを褒めた。

「うん、美味しい。奥さん、中尾さんはなかなか美味しいよ」

白髪のおじいさんが肉を口に運びながら頷いた。

「本当にいい風習だね。命を食べて、命を作る……」

おじいさんの言葉に、中尾さんの妻がハンカチで目を押さえた。

「そうですね。主人も喜びます」

「この辺の、内臓に近いあたりが美味しいんだよ。さ、食べなさい。若い人はどんどん命を食べて、受精しないと」

おじいさんがよそってくれようとしたので、私は慌てて制した。

「あの、私は白菜をいただきます」

「ぼくはシイタケとえのきを」

「おや、お二人とも人肉は嫌いですか？」

おじいさんが不思議そうに首をかしげた。

「ではないんですが、昔、当たったことがあるんです。それからちょっと人肉を食べるとお腹がゆるくなる気がして、野菜ばかり食べてしまうんですよねえ」

「その話を聞いたら、私もなんとなく食べづらくて……ごめんなさい」

私は謝罪した。人体を一つ、鍋になるまで加工するのは大変な作業だ。専門の業者が手伝うとはいっても、朝から一日がかりだったはずだ。中尾さんの妻は少しさみしそうに笑って、白菜をよそってくれた。

「いえ、いいんですよ。でも、中尾も食べてもらえると喜ぶと思うんで、気が向いたらいつでも食べてくださいね」

そのとき、奥のほうで肉を食べながら囁《ささや》き合《あ》ったり膝を触り合ったりしていたピンクのワンピースの女の子と白いジャケットの男の子が、手をつないで立ち上がった。

「あの、ぼくたち、受精しにいきます」

「あらあら、そう。それはよかった。おめでとう」

拍手がおこった。二人は、「ごちそうさまでした」「ごちそうさまでした。新しい命が生まれるようにがんばります」と妻に頭を下げ、手をつないで出て行った。

「中尾さんの命が、新しい命に生まれ変わるといいですねえ」

中尾さんの出汁の効《き》いたスープを飲みながら、山本が目じりを下げた。

「ほんとにね。今夜、どれくらい受精されるのかしら。できるだけ、たくさん増えてくれるといいんですけどねえ」

中尾さんの妻が愛おしそうに鍋を見つめた。赤味噌と白味噌の混じり合ったスープは濃い茶色をしていて、中にいる中尾さんの姿はよく見えなかった。


結局受精相手が見つからず、私と山本は頭を下げて、生命式を後にした。

「わっ」

路地裏で、山本が足を滑らせそうになる。

「大丈夫？　飲みすぎたんじゃないの」

「いや、足元がさあ」

山本が悲しそうに靴を見た。見ると、道路に精液が零《こぼ》れていて、それで滑ったみたいだった。

昔のセックスはもっと厭《いや》らしいもので、隠れてするのが普通だったと聞く。私は生命式で受精したことはないが、確かに恋人とした受精は、やっぱり部屋の中など誰にも見えない場所でしていた気がする。無意識だが、昔の風習がまだ身体の中に残っているのかもしれない。

けれど生命式の後の受精は、神聖なものというイメージがあり、そこかしこで行われる。夜道で何度か見かけたことがあるが、本当に交尾という感じだった。人間がどんどん動物的になってきている気がする。

「こんなとこにセンターがまたできたんだな」

山本が酒臭い息を吐きながら言った。子供を収容するセンターができたのだ。

受精で妊娠した子供は、もちろん昔ながらの形式で家族として育てる人が多いが、最近では誰の子供かわからないケースも多い。特に生命式が続くと、そういう妊娠が増える。

産んで増えるということがとても大切なことなので、そういうケースでも子供はとても喜ばれる。

このセンターは、仕事をしながらでもどんどん産めるように、産んだ子をそのまま預けられる仕組みになっている。センター内の病院で産んでそのままセンターに預け、母親だけ帰ってくる場合もあれば、一旦は子供を持ち帰ってそれから自分でセンターに預けてもいい。家族を作って自分で子供を育てる場合と、産むだけ産んでセンターに届ける場合と、半々程度の割合になりつつあると聞いた。

このままでは家族制度が壊れると拒否反応を示す人は多い。この新しい産み方のシステムは、生命式ほどすんなり受け入れられるわけではないようだった。けれどこのままいくと、家族制度ではないシステムで育てられた子供のほうが多くなるかもしれない。そうなったとき人類がどうなるのか、予測はできない。いろんな研究者がデータを発表している。悲観的なものもあれば、ポジティブなものもある。

ひょっとしたら私たちは危険な方向に変化しているのかもしれない。だがやってみなければどうなるかわからない、というのが私たちが漠然と出した結論のようだ。

「センターっ子が増えたら、どうなるのかなあ」

山本が呟《つぶや》いた。そんなことは誰にもわからないのだ。ただ、私たちは急激に変化している。そう思うだけだった。

「おはようございます」

半月ぶりに出社した女性が、拍手で迎えられた。

センター出産で休暇を取っていた女性が復帰したのだ。彼女は36歳で、3回目の出産だった。

「センターで胎児を出してきたんでしょ？」

「うん、センターで出して、そのまま預けてきた。疲れたあー」

「ありがとう」

「お疲れさま、ありがとう」

胎児を出した人に、皆人類の一員としてお礼を言う。女性は嬉しそうに、感謝の花束を受け取った。

センターの子は、誰かの子ではなく人類の子として大切に育てられる。整えられた設備の中で、5人の子供に対して1人のカウンセラーがついてケアしていくという。

私は恋人と受精したことはあるが、妊娠に至ったことはないので、彼女のようにたくさん産んでいる人を見るとほっとする。私も人類の一員として、自分と同じ生物が存続することを望んでいるのかもしれなかった。

感謝の花束を受け取った女性が、席につきながら話した。

「私、普段もしょっちゅう恋人と受精してたけど、妊娠は3回とも生命式での受精なの。不思議よね。生命式って、妊娠する確率高いわよねえ」

「うわあ、神秘的」

後輩の女の子がうっとりと言う。

「でもなんか、わかる気がするう。人肉って、特別な感じがするよね。神聖な気がするし、美味しいし」

「わかるー。人肉を食べたいと思うのって、人間の本能だなあって思うー」

おまえら、ちょっと前まで違うことを本能だって言ってただろ、と言いたくなる。

本能なんてこの世にはないんだ。倫理だってない。変容し続けている世界から与えられた、偽りの感覚なんだ。

「どうしたの？　真保先輩。怖い顔してるう」

私は「そんなことないよ」と低い声で言い、お茶を一気飲みした。


「本能だのなんだの、皆、おかしいよ。そう思わない⁉」

私はビールを一気に飲んだ。

まだ月曜だったが飲まずにいられなくて、喫煙室であった山本を強引に飲みに誘ったのだ。こんな話ができるのは山本しかいなかった。

会社のそばの居酒屋のカウンターに並んで座り、山本のほうをぎろりとにらみながら空《から》になったジョッキを置いた。山本は、否定するでも肯定するでもなく、うん、うん、と頷いて話を聞いてくれる。その距離感が心地よかった。

「受精だってさ、昔はコンドームつけながらセックスするのがマナーだって母親に聞いたよ。今は、つけたほうが、『命を生むためでなく快楽のために交尾するのか』って罵《ののし》られる。腑《ふ》に落ちないよ」

「まあ、そうかりかりするなって」

山本はのんびりと、鳥の唐揚げを口に運んだ。

「真面目に聞いてよ」

「聞いてるよ。でもさあ、池谷、ちょっと頭が固いよ。池谷のほうが、世界を絶対的なものだと思いすぎてるよ。そうあってほしいという願望が強すぎるっていうかさあ」

「どういうこと?」

山本は箸を置き、おしぼりで手を拭きながら、いつになく真剣な顔で唇を開いた。

「真面目な話さあ。世界ってだな。常識とか、本能とか、倫理とか、確固たるものみたいにみんな言うけどさ。実際には変容していくもんだと思うよ。池谷が感じてるみたいにここ最近いきなりの話じゃなくてさ。ずっと昔から、変容し続けてきたんだよ」

「それなら、まるで一億年前からそうだったような顔をして、人を裁くのはやめてほしいの。変わるんだから、不確かなものなんじゃない。不確かなのに、皆宗教みたいに信じ込んでる。おかしいよ」

「まあまあ、世界はさ、鮮やかな蜃気楼《しんきろう》なんだよ。一時の幻。いいじゃんか、今しか見ることのできない幻を、思い切り楽しめば」

山本は肩をすくめた。再び箸を手にとり、豚キムチとチョリソーを自分の小皿に盛り始める。

山本が肉ばかり食べているのを見て、私は言った。

「野菜も食べなよ。身体に悪いよ」

「いや、雑食の動物って美味しくないっていうじゃん？　俺は子供のころ人肉食べたときうまいと思ったけどさ、じいさんってベジタリアンだったんだよな。だから俺も、美味しくなるように肉タリアンになろうと思ってさあ」

「ばかみたい」

「まあまあ。うまいものくって、楽しく生きて、死んだら美味しく食べてもらって、新しい命を生む活力になる。悪くない人生だって思うんだよね。あ、どうも」

運ばれてきた熱燗《あつかん》を嬉しそうに受け取り、山本は手酌で飲み始めた。

苛々《いらいら》して煙草を吸おうとすると、山本がふっと小さく笑って、騒がしい居酒屋の中のざわめきを見つめた。

「俺はさー。今の世界、悪くないって思うよ。きっと、池谷が覚えてる、30年前の世界も悪くなかったんだと思う。世界はずっとグラデーションしてってさ、今の世界は、一瞬の色彩なんだよ」

「……」

「俺さ、ディズニーランド好きなんだ」

私は盛大に顔をしかめた。

「えー。私、嫌い」

「だと思った」

山本が笑った。笑うと、山本の丸くて小さな目は黒目だけになり、長い睫毛がふさふさと揺れた。

「あそこってさ、誰も、着ぐるみの中の人の話しないじゃん。皆が少しずつ嘘をついてるだろ。だから、あそこは夢の国なんだよ。世界もそれと同じじゃない？　みんながちょっとずつ嘘をついてるから、この蜃気楼が成り立ってる。だから綺麗なんだよ。一瞬のまやかしだから」

「真実の世界は？　どこにあるわけ？」

「だから、蜃気楼こそが真実なんだよ。俺たちの一欠片《ひとかけら》の嘘が集まってできた、今しか見られない真実なんだよ」

「わっかんない。わかりたくないなあ」

山本が笑って、おちょこから酒がこぼれた。

「はは、生きづらそうだなあ、池谷は。楽しめばいいんだよ、この一瞬の嘘の世界をさあ」

私は煙草の煙を吐き出した。そうなのだろうか。世界の変容は最近始まったものではなくて、30年前のずっと前からも、私たちは変わり続けてきたのだろうか。

山本の言うことは理屈ではわかっても、私はどこかで、確固たる真実の世界を望んでいるのかもしれない。それがひどく子供っぽいことに感じられて、私は寒気のする肩をさすり、焼酎《しょうちゅう》のお湯割りを飲みこんだ。

からかうように、山本が私の背中を叩《たた》いた。

「考えすぎんなよー。遊園地でさ、ジェットコースターの仕組みはどうか、メリーゴーランドの動力はどうなってるか、考えたって仕方ないだろお？　もっと楽に生きろって」

心地よいリズムで背骨を叩く山本の手の感触と、喉《のど》を流れる強いアルコールの味が、身体を温めてくれた。

山本には、少しぬいぐるみの熊のようなところがある。そう伝えると、

「そうそう、だから俺ってモテないんだよなー」

と悲しい顔をしたので、私は吹き出した。

いつのまにか寒気はどこかへ行っていて、山本の温かく大きな手は、私の背中を離れて煙草をつまんでいた。山本のいる右側から漂う白い煙が、私の視界を曇らせた。霧の向こうで、山本は長い睫毛を揺らして笑っていた。

山本が死んだという連絡が入ったのは、その週末だった。

連絡が来たとき、私は部屋で洗濯をしていた。久しぶりの天気のいい休日だったので、枕カバーとクッションのカバーを洗濯機に放り込んだところで、電話がかかってきた。

金曜の夜、大学時代の友人と酒を飲んだ帰り道、車に轢《ひ》かれたのだという。外傷はあまりなかったが、頭の打ちどころが悪かったのだ。

「それでね、今夜、山本さんの生命式なんですよ。池谷さん、行きますよね。仲、良かったですもんね……」

後輩の女の子が鼻をすする音がした。

どう返事をして、どう電話を切ったのか覚えていない。気が付くと携帯を握りしめたまま床に正座していた。山本に電話して「死んだって本当？」と尋ねたくてならなかった。

どれくらい呆然《ぼうぜん》と座っていたのだろう。洗濯機から洗濯終了を教える電子音が聞こえて、私は反射的に立ち上がった。機械的に身体を動かして枕とクッションのカバーを黙々と干した。それどころではないとわかっていたが、どうしていいかわからなかったのだ。

両親は健在だし、祖父母は私が生まれる前に死んでしまっていたので、身近な人の死はこの年になって初めての経験だった。自分の手の動きも、濡《ぬ》れたクッションカバーの感触も遠かった。ベランダから部屋へ入ろうとして足がよろめき、網戸につかまった。

そのとき、再び携帯の着信音が鳴った。

「……もしもし」

「あの、こちら池谷真保さんの携帯電話ですか」

「そうですが」

「私、山本慶介《けいすけ》の母です」

私が息を止めていると、声は続けて言った。

「突然お電話してごめんなさい。あの、息子の携帯の着信履歴に、たくさんお名前が入っていたようなので……」

「あ……あの、息子さんには会社でお世話になっています。その……このたびは、ご愁傷さまでした……」

とぎれとぎれに返事をすると、ほっと息をつく音がした。

「あ、ごめんなさい、会社の方だったんですね。息子と個人的に仲良くしていてくださった方かと思って……」

どうやら、私のことを山本の恋人か何かだと勘違いしたらしかった。そういえば山本は、自分の母は生命式に抵抗はないが家族システムの崩壊には反対で、センターっ子ではなく家庭を設けてほしいと常々言われていると愚痴っていた。山本は母親を心配させないように、自分には恋人がいると嘘をついていると聞いたことがある。特定の恋人がいるからあまり生命式で受精はしないのだと伝えていたみたいだ。実際にはそんな人はいなかったので、着信履歴に名前が多く残っていた女性名の私に電話がかかってきたのだろう。

「あの、山本さんとは部署が違うんですが、大切な、良い飲み友達でした。今日の生命式にも、伺わせていただきたいと思ってます」

「ありがとうございます。息子も喜びます」

「ええと、今日は何時からでしたでしょうか」

さっき電話で聞いたはずなのに頭から飛んでいることがわかり、自分がかなり動揺していることを改めて感じた。携帯を持っていないほうの手でスカートを縋《すが》るように強く握りしめていた。

「あの……一応、18時からの予定なんですが、もう少し遅くなるかもしれなくて……」

「あ……はい、そうなんですか」

「私と娘で準備をしてるんですが、なかなかはかどらなくて。少し遅くなってしまうと思います」

「お二人で準備なさってるんですか」

私は驚いた。生命式の準備は大がかりなので、よほどのことがない限り調理まで業者に頼む。二人では到底終わらないだろうと思われた。

「あの、よかったら、お手伝いに行きましょうか」

「え?」

「山本さんとはお友達だったので……お手伝いさせてください」

遠慮する山本の母親に強く言って了承を得ると、私は急いで身支度を始めた。

トレーナーに古いジーンズと、汚れてもいい恰好《かっこう》に着替えると、私はすぐに山本の家に向かった。

人肉は鮮度が大切なので、特に事件性がない限りは、すぐに業者へと運ばれる。一昨日の夜事故にあったのならば、そろそろ精肉された山本が運び込まれているはずだった。

山本の家は都内のマンションだ。オートロックの鍵をあけてもらって中に入ると、母親が慌てて出迎えてくれた。

「こんなことになって、すみません」

「いえ、あの、大丈夫です。お役に立てるかわかりませんが……」

部屋を見ると、ちょうど山本の入った発泡スチロールが運び込まれたところのようだった。

「親戚が少なくて、集まれる親族は私たちしかいなくて……。本当は調理まで業者に頼むべきなんでしょうけど、ちょっといろいろ難しくて、私たちの手でやろうかなって……」

「難しいって、何がですか」

尋ねると、山本の母親が困った様子で笑ってみせた。

「細かいレシピが残されてたんです。業者に頼むとほら、どうしても味噌のお鍋になっちゃうでしょ。あの子はそれじゃいやだったみたいで、団子にしてみぞれ鍋にしてほしいみたいなんです」

「みぞれ鍋……」

私は戸惑った。人肉は臭みが少々あるので、濃い味の料理にするのが定番だ。そんなさっぱりとした鍋にして大丈夫なのだろうか。不安が顔に出たのか、山本の母親も頷いた。

「難しいとは思うんですけど……ほら、あの子って食いしん坊だったでしょ。自分が食べられるときも注文が多くて。鍋だけじゃないんですよ、カシューナッツ炒《いた》めとか、角煮とか……」

「え、鍋だけじゃないんですか？」

「そうなんですよ。なるべく遺志を尊重してやりたいんですけど、もう、困っちゃって」

「レシピを見せていただけますか」

私は母親の差し出したファイルを見た。そこには食いしん坊で料理上手の山本らしく、ルーズリーフでさまざまな食材ごとにレシピが分けられていた。豚肉、鶏肉、鮭《さけ》、キャベツ、大根、などの項目の一番後ろに、「俺の肉」という項目があった。

そこをめくると、「俺のカシューナッツ炒め」「俺の肉団子のみぞれ鍋」など、確かにさっき母親が言った通りのレシピが事細かに書いてあった。

「別に、思いつきを書きとめただけみたいで、遺書みたいに、何が何でもこう料理してくれ、ってどこかに書いてあるわけじゃないんですよ。でもほら、こういうものがあるとね、なんとなく本人の遺志を尊重したくなってしまって……」

「そうですね……」

そういえば山本は、自分の生命式は最高に楽しいものにしたい、と常日頃から言っていた。レシピの隅っこには、「部屋をかざりつけてクリスマスのように楽しく」「美味しく食べてもらう」「たくさん受精がされるような、華やかな式に！」などと小さい文字で書いてあった。

山本は、こういうチャーミングなサービス精神のある人間だった。じわりとレシピの文字がにじみそうになり、私は慌ててファイルを閉じて腕まくりをした。

「とにかく、とりかかりましょう。腕の肉はどちらですか」

「こっちです」

台所に立ったところで、ドアの音がして、山本の妹が入ってきた。

「ただいまー、買ってきたよ、水菜と大根と……あ、いらっしゃい！」

私を見てびっくりした様子の山本の妹に、「あの、お手伝いさせてもらってます」と頭を下げた。

「慶介の会社の方だそうなのよ」

母親が簡単に経緯を説明すると、妹は顔をしかめた。

「ほらあ、だから言ったじゃん、お兄ちゃんは恋人なんかいないって。見栄っ張りだったんだから……ごめんなさい、あの、こんなことになってしまって」

「いえ、いいんです。山本さんには本当にお世話になったんです」

喫煙仲間だとは言いづらかったが、私は妹からスーパーの袋を受け取った。中には水菜やらナッツやら、山本のレシピにあったものが大量に入っていた。

「じゃあ、申し訳ないけれど、ご協力お願いします。とりあえず手間のかかるものから進めないと、間に合いませんね」

時計を見ながら急いで髪を縛った妹に、私は頷いた。

「じゃあ、私は団子作りをやりますね」

私は廊下に出て、そこに積まれている発泡スチロールの箱を見た。7、8個ほどの箱が積んであり、ドライアイスが中に入っているのか触るとひんやりしている。

血抜きや皮を剝《は》ぐ作業、内臓を取り出したり汚物や肛門周りの処理など、難しい部分は業者がやってくれていて、中にあるのは骨付き肉になった状態の山本だった。鍋にするときはスーパーで売られているような薄切り肉の状態になって運ばれてくるのがほとんどなので、こんなにいろんな形の人肉を見るのは初めてだった。

山本は少しメタボリックシンドロームを気にしていたが、肉になってみると脂肪はそんなに気にならなかった。鮮やかな赤と白の混ざり合う肉を見て、山本は綺麗だったんだなあ、と思った。

私はマジックで「腕肉」と書かれている箱を探し出すと、持ち上げて台所へと運んだ。皮を剝いで血抜きしてある山本の腕を取り出し、肉をそぎ落とす作業に入った。妹も、急いで違う発泡スチロールを台所に運び込み、中から山本の太腿《ふともも》を取り出した。

「じゃ、私は角煮の下準備をします。お母さん、お肉の下ごしらえ用のお湯を沸かして」

てきぱきと妹が指示を飛ばし、私たちは急いで、山本のレシピ通りに彼を料理しはじめた。

業者がかなりの部分まで作業してくれているといっても、やっぱりまだ山本の形が残っている。よく一緒にビールを乾杯した山本の毛深くて力強い腕を思い浮かべながら、私は包丁で肉をそぎ落としていた。

落ち込んだときこの手に背中をぽんと叩かれたこともあったし、酔っぱらって足元がおぼつかない私を車道から引っ張ってくれたこともあった。喫煙室で山本の腕に灰を落としてしまったときは、「熱いだろおっ」と情けない顔で赤くなった腕に息を吹きかけていた。

そうだ、月曜日だって、この手は私の背中を励ますように叩いてくれていた。その大きくて優しい腕が、今は骨付き肉になってまな板の上にある。

「私、人肉を調理するのって初めてなんですけど、大きいんですね。たまに生命式で見かける生のお肉は、もう薄切り肉になっちゃってたから」

「あら、そうなんですか。そうそう、やっぱり鳥なんかとは違って大きいですよね。人肉はね、牛乳で臭みを取るといいんですよ。煮る前に、少し浸したほうがいいかもしれないですね」

山本の腕は巨大な手羽先という感じで、肉をそぎ落とすのに苦労した。骨だけになった山本を発泡スチロールに戻し、肉をフードプロセッサーに入れて挽肉《ひきにく》にしていく。

それだけでは間に合わないので、横で母親が包丁を使って山本の挽肉を作っていた。

山本をボウルに入れ、片栗粉、玉葱《たまねぎ》、酒などを加え、二人で捏《こ》ねていく。私たちが大量の団子を作っている横で、妹が大根を何本もすりおろしている。

大きな鍋二つにたっぷりと湯を沸かす。そこへおろし生姜《しょうが》、白出汁、酒などの調味料を加え、味を調《ととの》えたところに肉団子を入れていく。

えのきを入れ、大根おろしと水菜、長葱に白菜を加える。

大根おろしが足りないのでさらにすりおろしていると、横のフライパンからいい匂いがし始めた。妹がカシューナッツ炒めを作っていたのだ。

「お料理上手ですね」

声をかけると、恥ずかしそうに、「趣味なんです。料理教室に通っていて。こんなところで役にたつなんて思わなかったですけれど」と言った。

肉団子が一段落すると、今度は角煮にとりかかった。角煮といっても塩角煮なので、これも肉の味が強く出てしまうレシピだ。私は妹が下準備に牛乳に浸してくれていた塊肉を取り出した。山本の太腿だった肉は思ったよりずっしりと大きくて、やっぱり山本はメタボリックシンドロームだったかもしれない、と考えを改めた。

肉をサイコロ状に切り分け、大鍋に入れる。葱とすりおろしたにんにく、生姜を入れて茹でる。牛乳のおかげか、茹でていても肉の臭みはあまり感じなかったが、なかなか竹串が通るまで火が通らなかった。

「時間がかかりそうですね」

「肉を煮ながら、部屋の飾り付けにとりかかりましょうか」

私たちはアルミホイルで落《お》とし蓋《ぶた》をして角煮を煮ながら、山本の部屋を片付けた。山本が元々持っていたこたつ机の他に、母親が運び込んだらしい折り畳みの机を並べる。一人暮らしにしては広い部屋だが、机を三つも並べると、座る場所はかなり狭くなってしまった。

「もうしょうがないわね、かなりぎゅうぎゅうになってしまうけれど」

「人は入れ代わり立ち代わりするんで、これくらいあれば大丈夫ですよ」

妹は山本のレシピに走り書きしてあった通りに、部屋を花やリースで飾り付け始めた。そうこうするうちに、角煮の肉が柔らかくなってきた。

茹であがった肉に、煮汁をかけ、酒、塩と黒こしょうを加えてさらに弱火で煮る。なんとかできあがった角煮をクレソンと、柚子《ゆず》こしょう、山椒《さんしょう》やからしなどの薬味を添えて大皿に盛りつけたころ、チャイムの音がした。

「はーい」

妹がインターホンに返事をし、オートロックのドアを開ける。そろそろ生命式が始まる時間だった。私は慌てて、温まった大鍋の中に仕上げの柚子の皮を放り込んだ。

生命式の始まる時間には、山本のマンションは人でいっぱいになっていた。

「ごめんなさいねえ、もっと広い会場を借りればよかったんだけど」

謝りながら、山本の母が赤ワインをあけてテーブルに運んだ。

「池谷さん、お鍋、そろそろ大丈夫そうです」

フライパンから手を離せない妹に頷いて、私は山本のみぞれ鍋をリビングに運んで行った。

「お、みぞれ鍋！」

「すごーい！」

歓声があがり、皆が鍋を覗《のぞ》き込《こ》んだ。

「ポン酢と柚子もありますから、自由に使ってくださいね。大根おろしもここにおいておきますから、食べるときにさらにかけて召し上がってください」

「池谷さん、お手伝いなさってたんですかあ」

会場には会社の人たちもいて、声をかけてくれた。

「うん、ちょっと成り行きで。たくさん食べてね」

「わあ、ありがとうございます」

そのとき、「お待たせしました」と、妹がカシューナッツ炒めと角煮を運んできた。

「わあ、鍋だけじゃないんだ！」

「すごい！　大変だったでしょう」

皆の満面の笑みを見て、何となく私は得意だった。山本は、こういう皆の笑顔が見たいという奴だったのだ。こういう温かい空間を、自分の生命式で作りだしたいと願うような、そんな人柄だったのだ。

山本の願い通り、皆が笑っていた。こんなにいろんな種類に、手間をかけて豪勢に料理されるのは世界中の人間の中でも山本だけだと思った。

拍手で迎えられた肉料理たちを机の上に並べ終えると、「じゃ、はじめましょうか」と妹が言った。

「いただきます」

「いただきます、山本さん」

皆が手を合わせて言い、生命式が始まった。

「ほら、池谷さんも」

そう言われて端の席にすわり、私は山本の団子を自分の皿にたくさんよそった。

「あれ、池谷さんって人肉苦手なんじゃなかったでしたっけ」

不思議そうにこちらを見た会社の後輩に、「ううん、ほんとは好きなの。ちょっと肉に胃もたれしやすい体質なだけ」と言い、「でも、今日はみぞれ鍋だから。たくさん食べるよ」と箸を手に取った。

出汁のしみ込んだ山本の団子を口に運ぶ。

熱々の団子を丸ごと口にいれ、そっと噛《か》みついた。

じゅわっと、中から肉汁がしみ出す。団子にかけた柚子の果汁の酸味と、大根おろしの食感と共に、牛や豚より少し濃い、けれど猪《いのしし》ほど臭みのない、まろやかで濃い肉の味のする団子がほぐれていく。

「あつ、熱っ」

私ははふはふと口を動かしながらその旨味《うまみ》を味わった。よく下ごしらえしたせいか、まったく癖がない。団子にしたおかげで、筋張った感じもまったくなかった。

肉の旨味と出汁の味がまざりあって、舌の上で溶けていく。肉団子にからんだ少し辛い大根おろしが、なんとも言えないアクセントになって、肉の味を引き立てている。

今度は山本の塩角煮に箸を伸ばした。角煮にはぎゅっと旨味が詰まっている。少し濃厚な人肉の味に、柚子こしょうがよく合う。ちょっとだけ獣《けもの》っぽさのある味が、薬味で上品に調えられ、白いご飯が欲しくなる。少しだけ筋のある、歯ごたえのある肉の部分と、ぷるりとした脂肪の部分が噛めば噛むほど深い味を醸《かも》し出《だ》す。塗りつけたからしがまた、旨味を引き立てて、口の中で肉と肉汁が絡《から》み合《あ》う。

「人肉には赤ワインかと思ってたけど、これは白も合いそうだなあ」

「ありますよ、どうぞどうぞ」

山本の母は嬉しそうにお酌してまわっていた。

その日の生命式は、本当に盛況だった。たくさんの人が入れ代わり立ち代わり訪れ、「受精してきます」「山本さん、ごちそうさまでした」と立ち上がり、手をつないで去って行った。

鍋は何度も空っぽになり、そのたびに台所から新しい野菜と肉団子を運んできた。

山本を愛していた人たちが山本を食べて、山本の命をエネルギーに、新しい命を作りに行く。

「生命式」という式が初めて素晴らしく思えた。私は夢中で、山本を食べたり、台所から追加の山本を持って来たりと目まぐるしく動き回った。

夢のような時間が終わり、肉団子も角煮も食べ尽くされ、生命式はお開きになった。

後片付けをしていると、二つのタッパーを手にした妹が私に近寄ってきた。

「池谷さん、今日は本当にありがとうございました。あの、これ、よかったら」

見ると、中身は山本のカシューナッツ炒めとおにぎりだった。

「え、いいんですか」

「さっき、食べ尽くされる前にちょっとだけ詰めておいたんです。おにぎりは、具がなくてさっきの角煮が入ってるだけなんですけど……。池谷さん、ばたばたしていて、あまりお腹いっぱい食べられなかったでしょう。あの、よかったら夜食にでもしてください。これくらいしかお礼ができないですが」

「わあ、うれしいです。ありがとうございます」

私は料理の入ったタッパーを受け取った。すっかり冷めていたが、十分美味しそうな匂いが立ち上っていた。

山本の家を出て、ふと、このままピクニックに行こうと思いついた。おにぎりもおかずもある。何より、このまま帰っても興奮で眠れる気がしなかった。

山本の家のまわりのあちこちで、精液の跡が見えた。誰かがそこで受精をしたのかもしれない。山本の命が、たんぽぽの綿毛のように、世界に向かって飛んでいっているような気がした。


終電で辿《たど》りついたのは、鎌倉の海だった。

山本も海が好きだった。社員旅行で行った三崎港《みさきこう》の海で、皆が止めるのもかまわずジーンズをまくって海に入り、服をびしょびしょにしてしまったりしていた。

海はいい。人間がはるか昔に住んでいた場所だから、DNAが懐かしがるんだ。山本は、そのときそう言っていた。

山本の愛した世界。地球という大きな塊が体験している時の流れにとっては、ただの一瞬でしかない、私たち人類の命のまたたき。私たちはそのとてつもなく長い一瞬の中で、進化し続け、変容し続けている。そのとまらない万華鏡の一瞬の光景の中に、自分はいるのだ。

私はゆっくりとタッパーをあけた。

中には、きちんと並んだ山本の角煮が入ったおにぎりが三つと、もう一つのタッパーには、パプリカなどの野菜もたくさん入った、山本のカシューナッツ炒めが入っていた。

「あの、何してるんですか？」

突然声をかけられ、私は驚いて振り向いた。

そこには見知らぬ男性が懐中電灯を持って立っていた。

「あ、ごめんなさい」

「いえ……このあたりに住んでるものなのですが、夜の海にふらふらと向かっていくのを見て、ちょっと心配になって」

どうも自殺だと思われたらしい。私は弁当を持ち上げて見せた。

「夜のピクニックをしてたんです。驚かせてしまってごめんなさい」

「いえ、いいんですけど……なんでこんな時間にピクニックを？」

「これ、山本っていう私の友達なんです。さっきまで生命式をしてたんですけど、その余りをもらってきたんです」

「そうだったんですか」

「あの、よかったら一緒にどうですか」

何となく誰かと喋《しゃべ》っていたくて、そう誘うと、男の人は、困ったように首をかしげた。

「できればご一緒したいですが、生命式はちょっと……。僕、ゲイなんです」

私はおにぎりを差し出した。

「大丈夫です、そんなつもりでお誘いしたんじゃないですから。これ、友人本人が作ったレシピの料理なんです」

物珍しそうにタッパーをのぞきこみ、男性は横に座った。

「珍しいですね。人肉は鍋でしか食べたことがないから……」

「普通、そうですよね。でも、こうして炒めたのも美味しいですよ」

「それじゃあ、いただきます」

私たちは夜の海を見ながら、料理を食べ始めた。

「うれしいな。実は夕ご飯がまだで、お腹がすいてたんです」

「よかった。いっぱい食べてください」

山本の破片が世界にちらばり、誰かのおなかの中でエネルギーになっていく。そのことが無性に嬉しかった。

「せっかく食べたんだから、受精できるといいですね。夜じゃなかったら、この辺にもきっと素敵な男性がいたと思うんですけど」

「いいんです、無理に受精しようとしているわけじゃないですから」

私は微笑んで、それからつい吹き出した。

「こういう言い方すると、なんだか、私たちって花粉みたいですね。一つの命が終わると、遠くまで飛んでいって、受精する」

「ほんとだ。確かに、そうですね。そう思うと神秘的だなあ」

「まあ、私がめしべだとすると、飛んでいくのはおかしいかもしれないんですけれど」

「いいんじゃないですか、めしべが飛んでも」

男性は割り箸でカシューナッツを口に運び、

「美味しいですね、山本さんのカシューナッツ炒め」

と目を細めた。

「ね。山本って、カシューナッツと合うんですね。生きているうちは気が付かなかった」

海の音を聞きながら、私は不意に尋ねた。

「あの」

「はい」

「30年くらい前のことって、覚えていますか?」

「え?」

私はおにぎりにかじりつきながら、波の音の中を浮遊しているような感覚のまま呟いた。どうも、ワインの酔いがまだ残っているらしかった。

「そのころには、まだ人肉を食べる風習ってなかったでしょ。そのころのことって、覚えてます?」

「ああ……僕、まだそのころは生まれてないからなあ。24になったところなんで、僕が子供のころには、わりと食べられるようになってきてたんですよ」

「そうですか……」

男性が何か? というように首をかしげるので、思い切って聞いてみた。

「もし、そのころの人たちが、今、山本をカシューナッツ炒めにして食べている私たちを見たら、発狂してるって思うと思いますか?」

少し考えて、男性は頷いた。

「はい。そうだと思います」

「そのこと、変だって思いますか? 世界はこんなにどんどん変わって、何が正しいのかわからなくて、その中で、こんなふうに、世界を信じて私たちは山本を食べている。そんな自分たちを、おかしいって思いますか？」

男性は首を横にふった。

「いえ、思いません。だって、正常は発狂の一種でしょう？　この世で唯一の、許される発狂を正常と呼ぶんだって、僕は思います」

「……」

「だから、これでいいんだと思いますよ。この世界で、山本さんは美味しくて、僕たちは正常なんです。たとえ100年後の世界で、このことが発狂だとしても」

波の音が響いていた。山本が懐かしいと言った、波の音が響いていた。

おにぎりを食べ終わり、男性が立ち上がった。

「ごちそうさまでした。じゃ、僕はそろそろ行きます」

「はい」

「街のほうまでご案内しなくて大丈夫ですか？」

「はい、もう少し散歩してから、宿を探します」

「そうですか」

男性と別れ、私は海辺を歩いた。

海辺で受精している男女がいた。あれがセックスと呼ばれていたころは、この光景はどんなだったのだろう。今でいう受精のように、神聖な行為として扱われていたのだろうか。それとも、何か汚いこととして思われていたのだろうか。隠れてしていたというのだから、そうなのかもしれない。

そんなことをぼんやり考えていると、肩を叩かれた。

驚いて振り向くと、さっきの男性だった。

「驚かせてしまってごめんなさい。あの、これ、よかったら」

「はい？」

男性は小さな瓶を差し出した。

「中に入れてきたんで、よかったら」

見ると、中には白い液体が入っているみたいだった。

「さっきトイレで採ってきたんです。空気に触れると死んじゃうっていうから、あんまり意味はないかもしれないんですが。山本さんの生命式に、少しでも参加したくて」

「ありがとうございます」

私は大切に、その温かい瓶をうけとった。

「うれしい。きっと、まだ生きてますよ。精子って、空気に触れても外側の精液に守られて、状態がよければ3日くらい生きるって聞いたこと、あります。ありがとうございます。大切に使います」

男性は頑張って無理やり出してくれたのだろう、少し汗をかいた顔をほころばせた。

「いえ。山本さん、とても美味しかったです。生命式にはあまり出ないことにしてるんですが、なんとなく、あれを食べたらささやかでも参加したいような気持ちになって」

「とてもうれしいです。山本も喜びます」

私は手の中の瓶を見つめた。

「それ、さっきまで星の砂が入っていた瓶なんです。鞄《かばん》の中に手頃な入れ物がそれしかなくて」

「いいんですか、ほんとに。きれい……」

私はつぶやいた。命がぎっしり詰まった白い液体は、これこそが星の砂だと言いたいほど綺麗に見えた。

「あれ、すごい」

男性が急に驚いたようにつぶやいた。

「どうかしたんですか?」

「すごいな。あなたが連れてきたんですか?」

振り向くと、いつの間にか、海辺にはたくさんの人影があった。

目をこらしてみると、その人影のすべてが受精をしている最中みたいだった。

「生命式があると、この辺の海は受精する人でいっぱいになるんですよ。でも今日は、そんなことは聞いていてないけどなあ」

不思議そうに首をかしげる男性は、「これじゃ、僕の持ってきた瓶はあまり意味はなかったですね」と恥ずかしそうに言った。

「いえ。いえ。私、これを使います。絶対に、これを、大切に受精します」

私の言葉を聞いて男性ははにかんで笑うと、「じゃあ、これで」と去っていった。

残された私は、瓶を持ってジーンズを膝までまくりあげ、海の中に入った。

海辺では、たくさんの人影が受精をしていた。ぼうっとうかびあがる白い手足が蠢いて、海辺でゆらめいている。

生命が海から地上へと出てきた古代の光景のようだった。見たこともないその日がすごく懐かしい、大切な想い出のように思えて、私は瞬《まばた》きもせず白い影と黒い波を見つめた。海を懐かしいと言った山本の気持ちが、少しだけわかる気がした。

受精している人たちのあいだを潜《くぐ》り抜《ぬ》け、私はさらに深く、波を足に纏《まと》いながら進んだ。

受精している人たちの絡み合う身体は、月の光の中で植物のように見えた。白い樹木がたくさん立ち並んでいるような水に浸った森の中を、私は進んでいた。

波が膝までくるところまで進むと、私はジーンズをおろした。瓶から白い液体を掬《すく》いとって、ゆっくりと身体のなかに差し込んだ。

指先から精液がこぼれおちていく。

あの部屋の温かい鍋から、海に向かって、世界に向かって、山本の命が散らばっていく。

何かの奇跡がおこって、私が受胎することもあるかもしれない。それでなくても、こんなふうに精液のやりとりをする世界は、なんて美しいのだろう。

私は波の音に包まれながら、両脚の間から精液をたらした。命がぎっしりと詰まった水が、私の太腿を撫《な》でていた。

長い時間を流れるこの星の上で、今、この世界のこの一瞬だけ存在する、正しすぎる正常の中、私の身体に精液が吸い込まれていった。

私は生まれて初めて、この世界の正常の中へと溶けていた。永遠に変化し続けるこの世界の色に染まり、その一瞬の色彩の一部になったのだ。

夜が深まって、空も海も漆黒だった。山本の命がゆっくりと私の肉体に吸収されていく。私は山本と融合した一体の生命となって、懐かしい水に足を浸したまま目を閉じた。波の音は、受精している私たちの鼓膜を揺さぶり続けていた。

素敵な素材

休日の午後、私は大学時代からの女友達二人と、ホテルのラウンジでお茶をしながらお喋《しゃべ》りを楽しんでいた。窓の外は晴天で、オフィス街の灰色のビルが並んでいる。予約が大変だったというホテルのラウンジは、私たちと同じようにアフタヌーンティーを楽しむ女性客でにぎわっていた。白髪の上品な女性が、深い紫色のストールを羽織り、優雅にタルトを口に運んでいる。私たちの隣のテーブルでは、色とりどりのネイルを塗った女の子たちが、ケーキの写真を撮っている。そのうち一人が、白いカーディガンにアプリコットのジャムを溢《こぼ》してしまい、慌ててピンクのハンカチで拭《ぬぐ》っている。

メニューを開いて紅茶のおかわりを注文し終えたユミが、ふと、私の着ているセーターに目を止めた。

「ねえナナ、そのセーター、人毛？」

私は顔を綻《ほころ》ばせて頷《うなず》いた。

「あ、わかる？　そうそう、100％」

「いいなあ、高かったでしょ」

から」

「うーん、少しね……。ローン組んじゃった。でも、こういうものって、一生ものだから」

　私はちょっと照れながらそう答え、自分が着ている真っ黒なセーターを指先でそっと撫《な》でた。三つ編みが並んでいるようなデザインのセーターは、手首と裾《すそ》に複雑な編み込みで模様が施されており、きっちりと編まれた黒髪が艶《つや》めいて、窓からラウンジに差し込む光を反射して光っている。自分で着ていてもうっとりと眺めてしまうほど美しい。

　アヤも羨《うらや》ましそうにセーターを見て言った。

「やっぱり、冬は人毛100%が最高だよね。暖かいし、丈夫だし、高級感もあるし。私のセーターにも人毛入ってるけど、高いからウール混合のやつしか買えなかったんだ。やっぱり手触りが違うね、100%は」

「ありがとう。勿体《もったい》なくていつもは仕舞い込んでるんだけど、今日はホテルだし、久しぶりに二人に会えるし、お洒落しようと思って、思い切って着てきちゃった」

「えー、せっかく買ったのに、沢山着ないと勿体ないよー！」

　ユミの言葉に、隣のアヤも同意する。

「そうだよ、高い服はクローゼットに飾るためのものじゃないわよ。活用してあげないと！　ナナ、今婚約中じゃない？　ご両家の挨拶とか、改まった場所にも、人毛ならぴったりじゃない」

　私はティーカップを弄《もてあそ》びながら、小さな声で言った。

「うーん……でもね、彼が、人毛の服、あまり好きじゃないの」

　アヤが目を見開いて、不可解そうに言った。

「え、なあにそれ？　どういうこと？　意味わかんない」

「私にもちょっと理解できないんだけど、人毛だけじゃなくて、人間を素材にしたファッションやインテリアが、あんまり好きじゃないみたいなの」

　苦笑いした私に、ユミが驚いて、食べかけのマカロンを皿に置き、怪訝《けげん》な顔をした。

「うそー。じゃあ、骨の指輪は？　歯のピアスは？」

「それも駄目。結婚指輪も、プラチナの指輪にしようって話し合ってる」

　アヤとユミが顔を見合わせた。

「えー？　結婚指輪なら、前歯を加工して作った指輪が一番いいのに……」

「ナナの彼氏、銀行員のエリートだったよね。お金持ってるのに、ケチなんじゃない？」

「そういうのとも違うみたいなんだけど……」

　私にも上手く説明できないので、曖昧《あいまい》に笑って誤魔化すと、アヤがしたり顔で頷いた。

「いるよね、お金があってもファッションに理解がない人って……。ナオキさん、お洒落そうなのに意外。でも、結婚指輪は、もっと相談したほうがいいよ。二人の永遠の愛を誓うものなんだから」

そう言って紅茶のカップを口に運ぶアヤの左手の薬指には、骨から作った指輪がはめられている。すらりとした指に真っ白な指輪がよく似合う。去年結婚したときに緋《ひ》骨《こつ》から作ったという結婚指輪だ。歯よりは大分安物だけど、と言いながらそれでも幸せそうにアヤが見せてくれて、とても羨ましかったのをよく覚えている。

私は、そっと自分の薬指を撫でた。本当は、私も歯か骨の指輪が欲しい。ナオキとはこの件で何度も話し合っている。話しても無駄だということは、私が一番よく知っていた。

「ね、もう一度、二人でショップに行ってみなって。実際に指につけてみたら、きっとナオキさんも気が変わるわよ」

「……うん」

私は小さく頷いて見せると、二人から目をそらすように顔を伏せ、皿の上の冷めたスコーンに手を伸ばした。

アヤとユミと別れて歩き出したところで携帯電話が震え、鞄《かばん》から取り出してみるとナオキからのメールだった。

『休日出勤、思ったより早く終わった。今日うちに来ない？』

急いでOKと返し、地下鉄に乗ってナオキのマンションへと向かった。

ナオキが住む街は、彼が働く会社への通勤に便利な場所で、オフィスとマンションが混在しながら立ち並んでいる。結婚したあとは子供のことも考えて、もっと自然の多い郊外に買った新築の家に引っ越す予定になっている。新しい家は楽しみだが、ナオキと付き合っている5年間に何度も訪れたこの街に来る機会がなくなるのは少し寂しい。

チャイムを押すと、インターホンから「いいよ、入って」とナオキの穏やかな声がして、私は合鍵でドアを開けた。部屋の中では、帰ったばかりなのか、シャツにネクタイを締めたままのナオキがカーディガンを羽織り、床暖房のスイッチを入れているところだった。

「夕飯買ってきたよ。寒いから、今夜はお鍋にしない？」

「いいね、ありがとう。二人はどうだった？」

「アヤもユミも元気だったよ。婚約のお祝いもらっちゃった」

ペアのワイングラスが入った紙袋をナオキに渡し、スーパーの袋と鞄を置いてダッフルコートを脱ぐと、ナオキが途端に顔をしかめた。

嫌悪感を丸出しにしたその表情を見て、今日、自分が人毛のセーターを着ていたことを思いだした。

「……人毛は着るなって言っただろ」

さっきまで穏やかに笑っていたナオキが、首の骨が折れそうなほど大げさに顔を背《そむ》けて、目も合わせずに低い声で言い放ち、乱暴に音をたててソファに腰かけた。

「……今日は、久しぶりに友達と会うし、お洒落がしたくて……。最近はずっと着てなかったの。久しぶりに袖《そで》を通しただけなの」

「そんなもの、もう捨てろよ。着ないって僕と約束したのに、破ったのか」

「……だってこれ、まだローンが残ってるのよ。ナオキの前では見せないって言っただけで、一生着ない約束をしたわけじゃないじゃない。自分のお金で買った服を着ただけで、何でそこまで言われなきゃならないの」

思わず涙声になってしまった私の方を見ようとしないまま、ナオキは苛々《いらいら》と爪先《つまさき》で床を叩《たた》いた。

「気持ちが悪いからだよ」

「人毛が⁉　元は私たちに生えている毛だよ⁉　どんな毛よりナチュラルで、私たちに近い素材じゃない……！」

「いや、だからそれが気持ちが悪いんだよ」

吐き捨てるように言い、ナオキはサイドテーブルから煙草と小さな灰皿を取り出した。ナオキは煙草を滅多に吸わないが、ストレスが溜《た》まって苛立ちが極限に達したとき、気持ちを抑えるためだと言って煙草を口に咥《くわ》える。仕事で疲れたと言って煙草の箱を開けるナオキを、「身体に悪いわよ」といつも慰めていたのは自分なのに、今は自分の着ているセーターが、ナオキをこんなに苛つかせてしまっているのだということが、たまらなく惨めだった。

煙を吐きだしながら、ナオキが言う。

「明日は、ミホさんのインテリアショップで新居の家具を見てくるんだったな。僕は行けないから任せたけど、いいか、人間を素材に使ったインテリアを一個でも選んだら、僕は君と結婚しない。歯も骨も皮膚も駄目だ。すぐに婚約破棄だからな」

「何でそこまで一方的なの……？　死んだ人間を素材として活用するなんて、ごく普通のことじゃない。何で、人間を着たり道具にしたりすることを、そんなに毛嫌いするの？」

「死への冒瀆《ぼうとく》だからだよ。死体から爪を剝《は》がしたり髪を切ったりして、洋服やら家具やらを作って、平然とそれを使っているってことが、僕には信じられないんだよ」

「他の動物に同じことをするより、ずっといいじゃない。死んだ人間を素材として扱うのは、私たち高等生物の尊い営みよ。死んだ人の身体を無駄にしないように活用し、いずれ自分の肉体もリサイクルされて、道具として使われていく。素晴らしいことじゃない。道具として使える部分がいっぱいあるのに捨ててしまうなんて、そんな勿体ないことをするほうが、ずっと死への冒瀆だと思うわ」

「僕はそうは思わないね。みんなどうかしてるよ。狂ってる。見てくれ、これ。人の爪を剝がして作ってるんだ。死体じゃないか。不気味だ、身の毛もよだつよ」

ナオキは乱暴な手つきでネクタイピンを外して、床に投げつけた。

「やめて！　壊れたらどうするの。そんなに嫌なのに、どうしてつけているの？」

「部長からの婚約祝いだ。本当はおぞましくて、こんなもの触りたくもない。ぞっとする！」

私は涙を堪《こら》えて叫んだ。

「人間を素材として使うことは、少しも野蛮なんかじゃないわ。全部燃やしてしまうほうがずっと残酷よ！」

「うるさい！」

私たちはこの件でいつも喧嘩《けんか》になる。ナオキが人間を着たり使ったりすることを何故こんなにも嫌がるのか、私にはどうしても理解できなかった。

「……ごめんなさい。このセーターは捨てるわ……」

私は人毛のセーターを脱ぎ、シルクのシャツ姿になった。つやつやと黒く光る美しいセーターを、嗚咽《おえつ》を堪えながら丸めて、台所のダストボックスに押し込む。みじめな気持ちで立ち尽くしていると、いつのまにかソファから立ち上がっていたナオキが、私を後ろから抱きしめてきた。

「……感情的になって、ごめん。いくら説明してもきっとわかってもらえないと思うけれど、僕は、人毛のセーターや骨で作った食器や家具が、怖くてしょうがないんだ」

ナオキの細い両腕が、私の身体を優しく撫でた。彼の身体を柔らかいカシミヤのカーディガンが包んでいる。人毛は駄目で、カシミヤならいいというナオキの言い分が、私には少しも理解することができなかった。けれど、その手が微《かす》かに震えているのを見て、小さな声で言った。

「私が悪かったわ……。ナオキが苦手だって知っているのに」

「いや、君には我慢ばかりさせて悪いと思ってる……」

ナオキが弱々しく囁《ささや》いて、私の肩に顔を埋《うず》めた。

「僕には皆が何でこんな残酷なことを平気でしているのか、どうしてもわからないんだ。猫も犬もウサギも、そんなことは絶対にしない。普通の動物は仲間の死体をセーターやランプになんかしないんだ。僕は正しい動物でいたいだけなんだ……」

私は答える言葉が見つからず、背中からまわされたナオキの腕をそっと撫でた。柔らかいカシミヤに包まれたナオキの腕は、心細そうに私に縋《すが》りついている。私はそっと振り向いて、背中を丸めたナオキを正面から抱きしめた。背中をさすると、少し安心したように、ナオキが冷たい唇を私の首筋に寄せて溜息をつく。そのまま顔を伏せたナオキの背骨を、私はいつまでも撫で続けていた。

人間を使ったインテリアは一切除外してほしいと言うと、ミホが目を丸くした。

「じゃあ、予算がこんなにあるのに、大腿骨《だいたいこつ》の椅子も、肋骨《ろっこつ》を使った飾りが付いたテーブルも、指の骨の時計も、乾燥させた胃袋をシェードにしたランプも、買わないっていうの？」

「そうよ」

「歯を繋《つな》ぎ合《あ》わせて作った飾り棚もだめ？　人毛を使った暖かいラグだってあるのよ」

「うん。ナオキが苦しむのを見たくないから。二人が落ち着ける家にしたいの」

ミホは私の前に並べていたカタログを閉じ、眉間《みけん》に皺《しわ》を寄せて声を潜《ひそ》めた。

「こんなこと言いたくないけれど、ナオキさん、病気なんじゃない？　何で、人間っていう素材にだけ、そんなに神経質になるの？」

「わからない。小さいころ、父親との関係が良くなかったみたいだから、それが原因なのかも」

「カウンセリングを受けたほうがいいわよ。変よ、そんなの。私たちだって、死んだらセーターや時計やランプになっていく。私たちは人間であると同時に物質なのよ。それは素晴らしいことなのに」

ミホの言うことはもっともだったが、私は首を横に振った。

「私だってそう思うけれど……今はとにかく、全部、ナオキの心を痛めないもので家具を揃《そろ》えてあげたいの」

固い意志が伝わったのか、ミホがあきらめたように溜息をついた。

「はあ、まあわかったわ。勿体ないわね、これだけ予算があれば、最高の家具がいくらでも買えるのに。じゃあ、人間の骨を使ってない、こっちのダイニングテーブルと椅子にしておくわね」

「ありがとう」

「リビングのライトも、本当は、あっちの人間の爪をうろこ状にしてぶら下げたシャンデリアなんてすごくお勧めなんだけれど……こっちのガラスのやつにしておくわ」

「うん、そうしてもらえる？」

溜息をつきながら決まった商品のカタログに付箋《ふせん》を貼《は》りつけているミホに、私はふと訊《たず》ねた。

「ねえ、何で他の動物は、自分たちの死体を着たり道具にしたりしないのかしら」

「さあ。でも、カマキリなんかは、メスがオスを食べたりするじゃない。すごく合理的よね。死体を有効活用することをちゃんと知っている動物もいると思うわよ」

「そっか、そうだよね……」

「ナナ、あなたナオキさんに毒されてるんじゃない？」

「そんなことないけれど。でも、私、『残酷』という言葉の意味がよくわからないの。ナオキは人間を素材として活用することを、『残酷』だって言う。私は、素材として使ってあげずに、全部燃やしてしまうほうが、ずっと『残酷』だって思う。私たち、同じ言葉でお互いの価値観を糾弾してるの。これでやっていけるのかな……」

「……さあ、わからないけれど、ナナは一生懸命、ナオキさんのことを理解しようとしているじゃない。そうやって歩み寄っていく気持ちがあれば、きっと二人でやっていけるわよ」

ミホの温かい言葉に、ほっと息をついた。

「じゃあ、ちょっとこれで見積もりを作ってくるわね。商品の予約もしてくるわ。少し時間がかかるから、店内を見たり、カタログを読んだりしてていいわよ」

「ありがとう」

ミホが付箋のついたカタログを抱えて店の奥へ行くと、私はぼんやりと店内を見回した。

ミホが勤めているこのインテリアショップは、昼間のせいかゆったりと時間が流れていて、幸せそうな若夫婦や、上品な老婦人が、優雅に家具を見て回っている。一階は安いプラスチックやガラスのインテリアばかりだが、二階は高級な家具を取り揃えてある。今、私が座っているこのソファも、肘掛《ひじか》けは白い骨でできている。

向こうに並んでいるダイニングテーブルの上には、頭蓋骨《ずがいこつ》を逆さにして作った皿が並べられている。天井からは、ミホがお勧めだと言っていた、人間の爪をうろこ状にした上品なシャンデリアがぶら下がっている。筒の形に並べられた爪の奥から、ピンクと黄色の中間のような温かい光が漏れていて、本当はあんなシャンデリアの下で、頭蓋骨のお皿にとっておきのスープを入れてナオキと一緒に食卓を囲むことができたらどんなに幸福だろうと思う。

私はふと、自分の爪を眺めた。シャンデリアに使われているのとそっくりな爪が並んでいる。自分が死んだあと、あんな風な美しいシャンデリアになって、喜んで使ってもらえたらどんなに素敵だろう。いくら表面上はナオキに合わせてみても、いつか道具になっていく自分の肉体を慈《いつく》しむ気持ちは変わらない。自分もまた、素材であるのだということ、死んだあとも道具になって活用されていくということ。そのことが、尊くて素晴らしい営みだという想いは、やはり自分の中から打ち消すことができないのだった。

　私は立ち上がって、そばにある書棚に近付いた。中の仕切りが骨でできている。この大きさは肩甲骨だろうか。書棚の中に何冊か本物の本が並べられていて、部屋に置いたときのイメージがつかめるようになっている。本が好きなナオキの顔を思い浮かべ、こんな素敵な棚を彼の書斎に置いたらきっと完璧な部屋になるのに、と思った。私は骨の仕切りに寄りかかっている、小さな国語辞典を手に取った。このところ頭の中にずっとこびりついている、『残酷』という言葉を辞書で引いてみる。

『ひどく無慈悲でむごたらしく、残忍なこと。』

　どう読んでみても、死んだ人間なんて全部燃やしてしまえというナオキの言い分のほうが、ずっとこの言葉に当てはまるように思える。まだ道具として使える場所が沢山あるのに、死体は全部捨てろだなんて残忍で酷《むご》いことを、あの優しい彼が言うなんて、まだどこかで信じられずにいた。

　けれど、ナオキのことを愛している。彼のためなら我慢できる。一生、人間を着ることはせず、使うこともせず、死後も道具として身の回りに温かく存在している、素材としての人間たちには触れることなく、これからの一生を過ごしていこうと決意したのだった。

翌週の日曜日、私とナオキは横浜にある彼の実家を訪ねた。

結婚の挨拶はもう終えているが、式場に入る時間だとか招待客の相談だとか、いろいろ話し合うことがあったのだ。ナオキの妹には新郎側の受付をしてもらうことになっているので、その相談もあった。

ナオキの父親は5年前に亡くなって今はいない。ナオキの母親と妹が、快く私たちを迎えてくれた。

「いらっしゃい、忙しいときに悪いわね」

「いえ、お邪魔します」

ナオキの歳の離れた妹のマミちゃんは大学院生で、私とナオキが付き合っていたころから私に懐いてくれている。

「ナナさんがお姉ちゃんになるなんて、うれしい」

と喜んで、手作りのブラウニーケーキを出してくれた。

マミちゃんのケーキと、お義母さんが出してくれた紅茶を口に運びながら、しばらくお喋りをした。

「お兄ちゃん、結婚式ではトランペットを吹いてよ。ナナさんに愛情のこもった音楽を奏でるの。素敵じゃない？」

「やめろよ、恥ずかしい。吹奏楽をやってたのなんて、昔のことだろ。今はもう無理だよ」

ナオキが困った顔で笑うのが可笑《おか》しくて、私はナオキに寄り添って笑った。ナオキの穏やかな笑顔を久しぶりに見ることができた気がしてうれしかった。

話が一段落すると、「……ちょっと、二人に渡したいものがあるの」とお義母さんが立ち上がった。

奥の和室から、お義母さんが細長い木箱を持って来た。

お義母さんは木箱をテーブルの上に載せ、静かに蓋《ふた》をあけた。何だろうと覗《のぞ》き込《こ》むと、中には薄い和紙のようなものが入っていた。

「これは……？」

私もナオキもそれが何かわからず、お義母さんの顔を見た。お義母さんは箱の中を見つめたまま、小さな声で告げた。

「これはね、お父さんから作ったベールなの」

「えっ」

お義母さんはそっと、箱から薄く透けたそれを取り出した。ひらひらとしたボリュームのあるそれは、確かに、人の皮膚から作ったベールだった。

「5年前、お父さんが癌《がん》になったときにね。俺が死んだら、ベールにしてくれって言い残したの。ちょうど、ナナさんとお付き合いを始めたころだったでしょ。ナオキは小さいころから厳しすぎるお父さんに反発していたし、無理矢理医大にいれようとしたときも殴り合いの喧嘩になって、それからこじれてしまっていたものね。お父さんも、家では『あいつは半分勘当したようなもんだ』と言って、ナオキの話は一切しなかったのよ。それがね、最後になって、『あいつは下らん奴だが、女を見る目だけはある』って言ってね。自分をベールにして、結婚式のときに使ってほしいって言い残したのよ」

「……」

私は咄嗟《とっさ》に横目でナオキを見た。ナオキは無表情のまま、じっとベールを見つめていた。

「ナオキはお葬式にも、ろくに顔を出さなかったものね。だから言いだせなくて……でもこんな日がくると思っていたの。ナオキ、お父さんのことを許してあげてちょうだい。このベールを、二人の結婚式に使ってもらえないかしら」

「おねがい、ナナさん。少しだけ、かけてみて。すごく素敵なベールなの」

真っ赤な目をして涙ぐんだマミちゃんに縋りつかれて、私はおそるおそるそのベールに手を伸ばした。人の皮膚は薄くて脆《もろ》いので、衣類に使うには向かないとされている。触れると、和紙の様な見た目に反して、それはとても柔らかかった。

「ナナさん、こちらを向いて」

お義母さんがベールをそっと持ち上げ、私の頭に載せた。小さなコームで頭に留めると、ふわりと、上半身がベールに包みこまれた。

ベールは背中の下まであり、耳も頬も肩も、お義父さんの柔らかい皮膚に覆われた。模様などないごくシンプルなものだったが、良く見ると、皮膚特有の網目状の細い線が全体に残っていて、緻密なレースのように見える。細胞の一つ一つが光を宿しているようで、私は無数の光の粒に包まれている気持ちになった。

「きれい……」

「とっても似合う、ナナさん！」

お義母さんとマミちゃんが、感極まった様子で言った。

ベールにはお義父さんの小さな黒子《ほくろ》や微かなしみがうっすらのこっていて、それが複雑な模様に見える。白と飴色《あめいろ》が混ざり合い、光の加減で青みがかって見える部分もあり、人工では決して作りだすことのできない、複雑な色彩が絡《から》み合《あ》っていた。窓の外から差し込んでくる日差しが、お義父さんの肌の色に溶かされて優しく染まり、私の肌の上に重なる。

皮膚の向こうから差し込んでくる、人の色をした光に全身を包まれていると、自分が世界一神聖な教会に立っているような気持ちになった。

私はその繊細で美しいベールの内側からナオキを見つめた。

ナオキは俯《うつむ》いたまま、ゆっくりと腕をあげ、私のベールの裾を持ち上げた。

ナオキがこのままベールを捨ててしまうのではないかと思ったが、ナオキは小さな声で呟《つぶや》いた。

「この傷……中学校のときの……」

ナオキの手元を眺めると、皮膚のレースの裾の部分に、小さな傷痕《きずあと》が残っていた。

「そう、中学のとき、あんたがお父さんと喧嘩して、殴って家出したときの傷よ。背中にずっと残っていたのね。あなたは知らないだろうけど、『あいつはなかなか骨のある奴だ』って言って、温泉なんかでも自慢げにしてたのよ」

ナオキは曖昧な表情のまま、ベールを見つめていた。

私は、ネクタイピンを投げ捨てたときみたいにナオキが突然叫びだすのではないかと思って、息を止めて彼を見つめた。だが、ナオキは一言も発さず、ベールを見つめ続けていた。

やがて、ゆっくりと、お義父さんの皮膚の中に落ちてくるかのように、ナオキが青白い顔を近づけてきた。

「父さん……！」

ナオキは掠《かす》れた声でそう呟き、そっとベールに顔を埋めた。

その様子を見て、お義母さんとマミちゃんは感極まった様子で、

「お兄ちゃん！」

「お父さんを許してくれるのね、ナオキ！」

と涙ぐんだ。

「……うん、もちろんだよ。このベールを使って式をしよう。な、ナナ」

私は微笑んでいいのかわからず、微かに頷くのが精いっぱいだった。首を動かした拍子に、ベールが揺れて、私の頬を、背中を、柔らかく擽《くすぐ》った。お義父さんの皮膚を通した光の膜が、私の肌の上でゆらめいていた。


帰りの車の中、私はぼんやりとしたナオキの代わりに運転をしながら助手席に視線を向けた。寒いのに窓を全開にして外を眺めているナオキに声をかける。

「ねえ、あのベール、本当に使う？」

ベールの入った木箱は、後部座席でかたかたと音を立てていた。

ナオキは返事をせずに、布団の中で眠ってしまった子供のように、窓から吹き込んでくる風の中に潜《もぐ》り込《こ》んで、目を軽く閉じ、身体を傾けて窓の方へ寄りかかっていた。

私は辛抱強く、丁寧に言葉を選んでナオキに言葉をかけた。

「もし、ナオキが使うのがどうしても嫌だったら、ウェディングプランナーさんに反対されたとか、ドレスとどうしても合わなかったとか、何か言い訳を考えるよ」

髪も服もぐちゃぐちゃに風に撫でまわされながら、ナオキは口を開こうとしなかった。私は苛々として、少し強い口調で問いかけた。

「ねえ、返事をしてよ。一体どっちなの。さっき言ったことは本当だったの、それとも家族の手前、嘘をついたの？　もしナオキが本当にお義父さんの想いに感動してるなら使うし、やっぱり人間の皮膚は残酷で嫌ならやめるって言ってるの。私はどちらでもいいし、ナオキの気持ち次第なんだけど」

「……うん……」

「どうなのよ。はっきりしなさいよ。感動してるの、してないの⁉　残酷だと思うの、思わないの⁉」

声を荒らげると、やっとナオキが口をひらいた。

「……なんだか、わからなくなってしまったんだ……皆が言うように、人間が死後に素材になって、道具として使われるということは、素晴らしくて、感動的なことなんだろうか……」

私は眉間に皺を寄せ、アクセルを踏んで車のスピードをあげた。

「知らないわよ。そんなの、ナオキの心が感動するかどうかでしょう。ナオキが決めなさいよ」

「僕には決められない……。わからない……わからなくなってしまったんだ。『残酷』

という言葉も、『感動』という言葉も、今朝まで確信があって使っていたのに、今は、どうしようもなく、根拠がないいんだ」

ナオキは涎《よだれ》をたらすのではないかというほどぽかんと口をあけた間抜けな顔で、呆《ぼう》然《ぜん》と呟いた。

「さんざん、その『残酷』という言葉で私たちを裁いていたじゃない。あの勢いはどこに行ったのよ」

「どうして、あんなふうに自分を信じることができたのか、わからない……でも一つだけ言えるのは、このベールは、確かに君に似合っていた。人の皮膚だからね。人間には、人の皮膚がとても似合う」

ナオキはそれきり口をつぐんでしまった。

風の音と、後部座席で風に震える、ベールの入った木箱の音だけが、車内に響いていた。

１００年後、私たちはどんな道具になっているだろうか。椅子の脚になっているだろうか、セーターになっているだろうか、時計の針になっているだろうか。生きている時間より長く、道具としての私たちは使われていくのだろう。

ナオキはまるで物体になってしまったかのように、だらりと両腕を垂らして、シートにもたれた。彼の髪を、睫《まつ》毛《げ》を、風が揺らしている。ナオキのもみあげの下には、以前髭剃《ひげそ》りに失敗したときの傷が微かに残っている。もしいつか、ナオキがランプのシェードやブックカバーになったら、この傷も残るのかもしれないとぼんやり思った。

私はそっとハンドルから片手を離し、助手席に投げ出されているナオキの手に触れた。

ナオキは温かい手で、私の左手を握り返してきた。さっき包み込まれたベールに似た皮膚の感触が伝わってくる。皮膚の中でナオキの指の骨が蠢《うごめ》き、血管が脈打っている感触が、指先に微かに伝わってくる。

今はまだ、道具ではないナオキが、私の指を摑《つか》んでいる。物質ではなくて生物でいられる、ごく短い時間を、私たちは体温を分け合って過ごしている。そのことが一瞬の尊い幻影に感じられて、私はナオキの細い指をさらに強く握りしめた。

素晴らしい食卓

日曜日の朝、私と夫は朝ご飯を食べていた。

私と夫の食事は、ほとんど通販サイトハッピーフューチャーで買ったものだ。冷凍野菜がキューブになったものが入ったスープに、フューチャーオートミール。フリーズドライのパンとサラダ。宇宙食を思わせる数々の食品を、向かい合って口に入れていく。

ハッピーフューチャーフードは、「次世代の食事」をあなたの食卓にもお届けします、というコンセプトの通販サイトで、海外セレブがこぞって利用していることで話題になった。夫はすっかりこの通販サイトにはまっていて、今では我が家の食卓は、ほとんどハッピーフューチャーフードのサイトで注文したものだ。

ほとんどが冷凍食品かフリーズドライなので料理をほとんどしなくていいのには助かっているが、何しろ高いのでお金がかかる。私は緑色のフューチャーオートミールを口に運びながら、食べたあとすぐにホワイトニングの歯磨き粉で歯を磨かないと、と考えていた。

スマートフォンから着信音が流れ、画面を覗《のぞ》き込《こ》むと、妹だった。私は電話をとってソファへと移動した。

「どうしたの、久美《くみ》。朝から電話なんて珍しいね」

「来月の第一日曜日って、あいてる？」

いつも落ち着いている妹が、珍しく早口で言う。

「その日、婚約者と、その両親が家にくるの」

「えっ！」

妹に恋人がいるということも知らなかった私は仰天した。

「初めて顔を合わせるんだけど、私の故郷の料理を振る舞うことになってるの」

「えっ、あれを⁉」

「だから、お姉ちゃんに手伝ってほしいの。お願い」

「故郷の料理って、久美……」

「うちの親との顔合わせはまた改めてやるから、彼と、彼の両親と、私とお姉ちゃんと五人分の料理を作りたいの。お願い。詳しく決まったらまた連絡するから」

妹は一方的に言って電話を切った。

テーブルに座ってフューチャーオートミールを口に運んでいた夫が声をかけた。

「どうした？　久美ちゃん、なんだって？」

「今度、婚約者の両親に挨拶するんだって」

「わあ、おめでたいなあ！」

夫は食事をしながらハッピーフューチャーで買ったダイエットドリンクを飲んでいる。これは最近特に流行っているドリンクで、炭酸水に水色のパウダーを混ぜて飲む、これさえ飲めばサプリは一切いらないと評判の健康飲料だ。パウダーの中にはＮＡＳＡが開発した身体の中で働く細菌が入っていて、筋肉がつき肉体が若返るのだという。

「久美ちゃんも結婚かあ。もう三十手前だもんな、適齢期だよなあ」

嬉《うれ》しそうな夫に、私はスマートフォンをテーブルの上へ置きながら告げた。

「それで、妹が自分の故郷の料理を振る舞うんだって」

「嘘だろう⁉」

夫の表情が豹変《ひょうへん》し、ドリンクを持ったまま立ち上がった。

「いやいや、だめだよそれは！　真面目な席なんだから！」

「あの子、言いだしたらてこでも動かないから」

「それは知ってるけど、人生がかかってるんだぞ！」

夫の剣幕に、「そうだよね……なんとか当日までに説得してみた方がいいんだよね……」と溜息《ためいき》をついた。

三歳年下の妹は、中学生のとき、突然、

「自分の前世は魔界都市ドゥンディラスで戦う超能力者なの」

と言いだした。

「そうなんだね」

そのとき私はもう高校生だったので、妹の言うことに特に反論せず、大人しく聞いていた。

「今は日本で、普通の両親の子供として暮らしているけれど、魔界都市ドゥンディラスでの私は超能力者で、特別な能力を使って敵と戦うのが仕事だったの。今の身体に転生しているのは一時的なことで、身体を借りているだけなんだ。この身体の寿命が終わったら、また魔界に帰るつもりなの」

「そっか」

妹の中ではいろいろと設定が出来上がっているようで、それからも、暇があると前世の話をいろいろしてくれた。私は、妹の前世の話が嫌いではなかった。

「ここの家に世話になって、感謝しているけれど、時折、前世の世界が恋しくなるんだ」

妹はたまに寂しそうに言った。そんなとき、妹は本当にどこかに帰ってしまいそうに見えた。妹にとって本当の家族は前世の人たちで、私や両親は赤の他人に近い存在なのかもしれなかった。

「そうなんだね」

私はいつも頷《うなず》いて話を聞いていた。母は、「このときに止めておけばよかったのかもしれない」といつも愚痴っていた。このときすでに学校では、妹は仲のいい友達に自分の前世が超能力者であることを喋《しゃべ》ってしまっており、それは学校中へ広まっていった。

高校に入ればおさまるかと思ったが、高校には同じ中学の人間が多く、ひっこみがつかなくなったまま卒業したようで、妹の卒業アルバムを覗くと、『いつか魔界都市に連れていってね！』『敵との戦いがんばれ！』と友達からメッセージが書かれていた。

大学に入ればいくらなんでも、と母は言っていたが、私は薄々妹は引くことがないような気がしていた。妹のサークルの仲間だという子が家にあそびにきたときに、案の定、部屋の中から、

「久美ちゃんは闇の力の使い手だもんね」

と言われて「うん。人には言わないでね」と答えている妹の声がした。

そのころ、友達から「厨二病《ちゅうにびょう》」という言葉を教えてもらった。妹のこの現象には名前があったのかと感動したが、それはスラングで、正式な病名ではないらしかった。

そのまま、妹は大人になり、今では会社でも「能力者」として振る舞っている。

私は妹が一歩も引かないまま大人になっていく様を真横で見ながら、うっすら尊敬の気持ちすら抱いていた。乱暴なスラングは、妹には当てはまらないものだったと考えるようになった。妹はもっと真剣だったし、それは一過性のものではなかった。

妹の入った会社は新卒がほとんどいない、年配の男性ばかりの職場で、妹は珍妙なことを言っても、「久美ちゃんは面白いなあ」と可愛がられていた。普通なら馬鹿にされたり仲間外れにされたりしてしまいそうなところだが、妹は、不思議と理解者に恵まれていた。数は少ないが、「魔界都市ドゥンディラスの能力者」である妹を、馬鹿にせず、きちんと話を聞いてくれる数人の友達が、いつも妹のそばにいた。

母は妹を理解せず、怒鳴ってやめさせようとしたが、私はよくそれを制止し、庇《かば》っていた。母と妹の折り合いは悪く、妹は大学を卒業すると家を出て一人暮らしを始めた。

妹が、不思議なものを食べ始めたのはそのころだった。

自炊するようになり、妹は魔界都市ドゥンディラスの食べ物を作って食べるようになった。外ではカレーやステーキなど普通のものを口にするが、家ではいつも魔界都市ドゥンディラスの食べ物を食べているらしかった。

一緒に埼玉で生まれ育った妹が、なぜこうなってしまったのかはよくわからない。けれど、妹が楽しく暮らしているならそれでいいと思っていた。

だが、私は魔界都市ドゥンディィラスの料理を口にしたことがない。妹の話を聞くのは好きでも、食べ物は怖い。得体が知れないものを体に摂《と》り入《い》れる勇気はなかなか湧《わ》かなかった。身内でかなり妹の世界を理解している私ですらそうなのだから、結婚相手の両親にそれを食べさせるのは無謀に思えた。夫の言うとおり、妹のことを考えれば、止めた方がいいのかもしれなかった。

「あんたもう、いい年なんだからやめなさいよ」

母の金切声に、私は顔をしかめた。

私は母と一緒に妹と食事をしていた。私と母で会社帰りの妹を待ち構えて捕まえ、そのまま近くのイタリアンレストランで食事をしたのだ。

「やめろといわれても……今更、なにを？」

母が感情的になっても、妹は冷静だった。母が言っていることは、妹に妹であることを治せと言っているようなもので、目茶目茶だと私も感じる。

「久美が無理をして変わる必要はないと思うけれど。でも、食べ物だけは、相手に食べさせるのは難しいと思うの」

私は正直に言った。

「久美の作る食べ物は、魔界都市ドゥンディィラスに理解がある人でも、食べるのが難しい。それは、こちらを騙《だま》してくれない食べ物だから」

「騙すって、なに?」

妹は私の方が母より話が通じると思ってくれているらしく、落ち着いた視線をこちらへ向けた。

「相手の作った食べ物を食べるって、相手の住んでいる世界を信じるってことでしょ。久美の世界を面白がることはできても、それを口に入れるのはちょっと難しい。食べ物なんて、変なものばかりだと思うけど、だからこそ、騙してくれないと食べることができないんだよ」

私は目の前のパスタの皿を指差した。

「たとえば、この桃とパクチーのパスタだって、こういう店でちゃんとしたシェフが作ってくれているから、喜んで食べているわけ。近所の小学生がタッパーに入れて持って来たら、『パスタに桃なんて気持ち悪い』って感じて食べないと思う。私たちは食べ物の信者になることで、奇妙なものでも口に入れているの」

「お姉ちゃんって、醒《さ》めてるね」

「そうかなあ」

私と夫が食べているハッピーフューチャーフードだって、魔界都市ドゥンディラスと大して変わらない。けれど、騙す努力をしてくれている。食べることは、その食べ物の世界に洗脳されるということだと思う私は、妹の不安定な架空世界から作られた食べ物を口にすることができない。

「その、婚約者さんは久美の料理を食べたことあるの?」

「圭一《けいいち》さん? ううん、ない。見たことはあるけど、『到底口にするのは無理』って言ってた」

「ほらみなさい!」

母が怒鳴った。感情的な母を邪魔だなと思いながら、私は妹に言った。

「やっぱりさ、本能の中に、安全なものを食べたい、っていう意識が組み込まれてるんだよね。だから、とにかくこれは安全なんだ、素晴らしい食べ物なんだ、って嘘でもいいから騙してほしいの。そうしたら食べられると思うんだけど」

「言ってることはわかるけど、無理じゃない? 魔界都市ドゥンディラスを心から信じる人は、私以外にはいないと思うんだけど」

妹が冷静で助かったと思いながら、私は頷いた。

「まあそうだよね。だから、カレーとかハンバーグとか、適当に無難な食べ物を作るのではだめなの?」

「だって、彼が両親に作ってほしいって言うんだもの」

「え、そうなの?」

私は思わず大声を出した。

「私が言いだしたわけじゃないよ。私が魔界都市ドゥンディラスの料理を食べるのは、家でだけ。圭一さんがどうしてもって言うんだもの」

「自分では食べないのに？　何でだろう」

「わっかんない。破談にしたいのかな」

妹は肩をすくめた。私も首をかしげ、妹の婚約者はかなりの奇人かもしれないと思いながら、パスタの皿の中に転がっている桃にフォークを突き刺した。

家に帰ると、夫はいつもの水色のパウダーを炭酸水に混ぜて、ドリンクを作っていた。

「ただいま。今日は晩御飯もそれなの？」

「ああ。これはやっぱりすごいよ、飲むようになってから身体が軽いんだ」

「そう」

私はそのドリンクのシャンプーのような匂いがあまり好きではなく、それだけは口にしたことがなかった。それにドリンクだけで、一ヶ月分で二万円もするのだ。一人分買えば十分だった。

「久美ちゃん、どうだった？」

私は鞄《かばん》をソファの上に放り投げて、溜息をついた。

「うーん、たぶん、本当に例の料理を作ることになると思う」

「そうか。じゃあ、久美ちゃんはもうだめだな」

言い切る夫の言葉に、思わず振り向いた。

「だめ……って?」

「いや、もうそれ、破談になるだろ。久美ちゃんはもうだめだよ」

夫はなんだか少し嬉しそうに見えさえする表情で水色のドリンクを飲んでいる。

「馬鹿だなあ。せっかく人生がまともになるチャンスだったのに。俺、会社の同僚に話しちゃったよ。同僚も笑ってたよ」

「そう」

私は適当に相槌《あいづち》を打ち、水を飲もうと冷蔵庫をあけた。中には、パックに入ったハッピーフユーチャーフードがずらりと並んでいる。私はミネラルウォーターを取り出して飲んだ。夫と妹と、一体何が違うのだろうと考えていた。

妹の人生はもうだめか。きっと一般的にみればそうなのだろう。夫がハッピーフユーチャーフードに執着して食べ続けるのは、それを成功者の食べ物だと思っているからだ。「素晴らしい生活」の欠片《かけら》だと思っているからだ。

私はそういう夫を見ているのが面白い。高ければ高いほど、喜んで騙されているように見える。百円より百万円の詐欺の方が騙されやすいと聞いたことがあるが、夫を見ていると本当にそうだなあと思う。「ワンランク上の生活」に憧れる気持ちが、夫に水色のドリンクを飲ませているのだ。家計が圧迫されるのは考え物だが、夫が唇を真っ青に染めて水色のドリンクを嬉しそうに飲んでいるのを見ていると、なぜだかとてもスカッとする。

世界を信じて世界に媚《こ》びている夫の姿は、私には愛しく純粋に感じられる。そういうところが好きで結婚したのかもしれなかった。

妹が食事を振る舞うことになっている日曜日、当日は晴れ渡っていた。

妹が今住んでいる部屋はワンルームで狭く、実家は遠いので、相談した結果、私の家で妹の料理を振る舞うことになっていた。

「ごめんね、手伝ってもらったあげくに家まで借りて」

と妹は恐縮したが、妹の料理を彼の両親がどう受け止めるか興味があったので、私は「全然大丈夫、気にしないで」と答えた。

今日は夫は異業種交流会とやらに出かけていた。それは口実で、妹の変な料理を食べたくないらしい。

朝早く、妹はたくさんの食材をぶらさげて家にやってきた。

「たんぽぽ、どくだみ……これが今日の食材？」

「うん。魔界に生えている薬草っていう設定なの」

「こっちの缶詰は？」

「それは魔界の地下街で闇取引されている食べ物っていう設定」

妹の食材には全て設定がついていた。食べたいかどうかは別として、尋ねるとすらすらと説明してくれるので面白かった。

「ねえ、本当に『ちゃんとした料理』でなくていいの？」

妹はちらりとこちらを見て、「『ちゃんとした料理』って、何？」と言った。

「たとえばスペアリブとか筑前煮《ちくぜんに》とか、名前のある料理」

「名前があると、ちゃんとしているの？」

「食べる側が安心するじゃない。詐欺師だって、一番最初に自分の名前を名乗るでしょ」

私の台詞《せりふ》に、「お姉ちゃんの持論は、変わってるから参考にならない」と溜息をついた。

「わかった……とにかく手伝うよ。何からすればいい？」

「まず、たんぽぽの花を茹《ゆ》でてほしい。そっちにみかんジュースがあるでしょ。それを沸かして、その中に入れてほしいの」

「わかった」

妹は手際よく料理していく。どくだみの葉を千切って小麦粉に入れ、水を入れて混ぜている。

「それはなに？」

「主食」

「魔界都市ドゥンディラスって、どくだみが生えてるの？」

「うん、けっこう生えてることになってる」

妹が言うのだからそうなのだろうと頷き、私は妹の指示に従って、ビニール袋の中にごっそりとはいったたんぽぽを取り出した。


昼過ぎに、妹の婚約者と、ご両親がチャイムを鳴らした。

「はじめまして、久美さんとお付き合いさせていただいている沢口圭一です」

初めて会う久美の恋人は、さわやかで、とてもわざわざ魔界都市ドゥンディラスの料理を作らせようとしている珍妙な人物には見えなかった。

「図々しくお邪魔してごめんなさいね」

沢口ご夫妻も上品な、温和そうな方だった。お母さんの幸絵《さちえ》さんは微笑むと目尻に皺《しわ》がよる、親しみやすそうな人で、お父さんの栄治《えいじ》さんは見た目はがっしりとしていかついが、少し照れくさそうにお辞儀をする様子はチャーミングだった。

「こちらが、僕の恋人の坂本久美さん」

「はじめまして」

妹が頭を下げる。

「私は久美の姉です。わざわざ家にいらしていただいて、すみません」

妹の横で私も深々とお辞儀をした。

「では、ええと、どうぞ狭いところですがあがってください。簡単ですが、妹の手料理を食べていってくださいね」

私が勧めると、「ありがとうございます」と沢口ご夫妻は微笑んだ。

居間のテーブルの奥に幸絵さんと栄治さんが座り、向かい合って妹と圭一さんが腰かけた。椅子が足りなかったので、私は書斎からもってきた夫の仕事用の椅子に座った。

一息ついたところで、妹と私はキッチンへ行き、まずは「主食」をテーブルに運んだ。

「これは何ですか?」

不思議そうに幸絵さんがお皿を覗き込み、私は「主食だそうです」と曖昧《あいまい》に説明した。

「お口に合うかわかりませんが、無理せず……あの、こちらに麦茶を用意していますので、お口直しにどうぞ。こちらはティッシュと、エチケット袋です」

「至れり尽くせりですね」

圭一さんが微笑んだ。

「これは？」

「そちらはたんぽぽの茎を縛って三つ編みにして、みかんジュースで煮込んだものです。下には真ん中にたんぽぽの花が入った、丸めた挽肉《ひきにく》が入っています」

「まあ……」

妹の料理は、「物語」だ。美味しさではなく、物語が優先されている。料理をしながら聞いたが、みかんジュースは下等妖怪の血をイメージしたものらしい。挽肉は、魔界都市ドゥンディラスの地下にある闇市で売っている、人工肉をイメージしたものだそうだ。たんぽぽは魔界の森にはかなり生えていて、前世の妹はよくそれを食べていたらしい。

妹の前世のイメージはわかったが、美味しそうかというと、かなり酷《ひど》い味がしそうだ。そもそも、たんぽぽやどくだみは実際には一体どこで摘んできたのか不明だ。その辺で摘んだものだとしたら、かなりの排気ガスにまみれていそうだ。

沢口ご夫妻もそう思ったのか、微笑むだけで箸《はし》をとることはためらっている様子だった。

「あの……よかったら、家にあるものもお出ししますか？　お口に合うかわかりませんが、あんまり変わったものばかりでも、舌が驚いてしまいますし……」

見かねて私は切り出した。

「まあ、それは、ええと……助かります」

幸絵さんは嘘がつけない性格らしく、あからさまにほっとした顔で私を見た。

「といっても、準備をしていないので、家でいつも食べているものしかないのですが……」

「十分ですわ」

嬉しそうにしていた沢口ご夫妻も、私がハッピーフューチャーフードをテーブルに運ぶと表情を曇らせた。

「あの……これは？」

「これはハッピーフューチャーフードです。とっても身体によくて、抗酸化作用もある食べ物なんですよ。海外ですごく流行していて、うちも通販でいつも買ってるんです」

「はあ……」

私はフリーズドライの野菜でできたキューブと、真っ青なドレッシングをかけたフルーツパウダーサラダを並べた。癖がないものを選んだつもりだが、沢口ご夫妻は戸惑った様子だった。

「あの……白いご飯とか、ないですかね」

おそるおそる栄治さんが言う。

「白くはないですけど、抗酸化パウダーで作った人工ライスならありますよ。少し酸味が強くて味に癖があるんですが……」

タッパーに入った緑色の人工ライスを見せると、「ええと……あの、遠慮しておきます」と幸絵さんが言った。

「お前、あれがあるんじゃないか?」

ふと思いだした様子で栄治さんが言い、

「ああ、そうですね」

と幸絵さんが頷いた。

「圭一から話を聞いて、変わった食べ物がお好きなのかしら、とちょっと勘違いしてしまって……これ、田舎の食べ物ですが。お口に合うかしら」

幸絵さんが紙袋から取り出したのは、びっしりと虫が詰まった瓶だった。白い小さな芋虫のようなもの、それよりもう少し大きめの別の芋虫、そしてプラスチックの入れ物に入っているのはイナゴだろう。

もっと美味しいものだって田舎にはあるだろうに、なぜ三種類も虫の甘露煮を持って来たのだろう、正直口にしたくないなと思って横を見ると、妹も同じなのか、けっこうあからさまに顔をしかめていた。

「ええと……あんまり、甘露煮って得意じゃないんです」

「あの、私も、おかずはしょっぱいものが好きなので……」

「あらそう？」

幸絵さんは残念そうな顔になった。

「白いご飯に載せて食べると美味しいんだけど……」

「俺は酒のつまみにもしますがねえ」

「はあ……」

テーブルの上に、妹の作った魔界都市ドゥンディラスの料理と、ハッピーフューチャーフードの高級レトルト食品と、虫の入った容器が並んだ。

とてもではないが、自分が普段食べているもの以外は口にしたくない、と考えて皆の顔を見まわすと、皆もそうなのか、曖昧な顔で、相変わらず箸は手に取らないまま麦茶を飲んでいる。

「これですよ」

急に圭一さんが言った。

「え？」

「なに、どうしたの？」

皆が戸惑ったが、圭一さんはかまわず続けた。

「これこそが、僕が今日、見たかった光景なんです」

何を言っているのかわからず、通訳してもらおうと妹を見たが、妹も口を開けて唖《あ》然《ぜん》としていたので理解できていない様子だった。

「皆が、それぞれの他人の食べ物を、気持ちが悪い、食べたくないと思っている。それこそ正常な感覚だと、僕は思うんです」

「どういうことですか？」

尋ねると、圭一さんは身振り手振りを交えて熱弁し始めた。

「その人が食べているものは、その人の文化なんですよ。その人だけの個人的な人生体験の結晶なんです。それを他人に強要するのは間違っているんですよ」

「はあ……」

手足が長い圭一さんがオーバーアクションで演説するので、私はぶつからないように椅子を後ろに引きながら、頷いてみせた。

「僕は久美さんと結婚しても、一切彼女の作る食べ物を食べようとは思いません。久美さんも、僕や、僕の両親の食べ物を食べたり、作ったりする必要は全くない。僕たちは別の文化を生きているんだから。迎合したり、融合したりする必要なんて全くないんです」

圭一さんの言葉に、幸絵さんが顔をしかめた。

「そうはいってもね、あなた……今の食生活を続けていたら長生きできないわよ」

「それは僕が決めることだし、僕が背負うことなんだ」

「あの、圭一さんは何を食べていらっしゃるのですか？」

私は我慢ができず尋ねた。

「圭一さんはお菓子とフライドポテトしか食べないの」

妹の言葉に、圭一さんが強く頷く。

「子供のころからそうなんです」

「へえ、すごいですね」

圭一さんはかなりの長身だ。そんな偏《かたよ》った食生活でもすくすく伸びることができるのだなと感動した。

「僕はお菓子とフライドポテトが大好きだ。できればそれを一生食べていたい。僕は以前、婚約者と同棲したことがあったんです。でもすぐに破綻した。彼女は僕に、自分と同じ食事を食べるように強要した。僕たちは違う文化を生きてきたのに、当然のような顔で僕の日常を壊そうとする。僕たちは毎日言い争いになり、そして別れた」

「なるほど」

「僕が久美さんを素晴らしいと思うのは、彼女の食生活は独立しているからです。彼女は決して迎合しない。そして自分の文化を他人に強要することもしない。彼女は彼女の食べたいものを、僕は僕の食べたいものを食べて、仲良く暮らしていけると思ったのです」

「なんとなく、合点がいきました」

妹と圭一さんが惹《ひ》かれあった理由がよくわかった気がして、私は頷いた。

「僕と久美さんは互いの作ったものを決して食べない夫婦になります。だから父さんと母さんにもお願いしたいんだ。僕が家でたけのこの里とピザポテトとフライドポテトを食べていて、彼女が魔界都市の料理を食べていても、決して仲が悪いわけじゃない。むしろ、互いの文化を愛しているからそうなっているんだ。正月やお盆に田舎に帰っても、彼女に自分の食べ物を強要したり、作らせたりすることもしないでほしい。僕たちの愛する食生活に干渉しないで見守ってほしいんだ」

渋い顔をした栄治さんが、圭一さんの演説を遮った。

「だがなあ、圭一。結婚はな、家と家がするものだ。その家の文化を引き継ぐというのが結婚だろう」

栄治さんの言葉を、幸絵さんが制した。

「あなた。もういいわ、圭一の気持ちはわかりました。心の中で、お嫁さんには沢口家の味を引き継いでほしいと思っていました。でも、それは、ちょっと傲慢《ごうまん》だったかもしれないわね……」

「お前」

栄治さんが険しい顔で幸絵さんを見たが、幸絵さんは静かに続けた。

「だってあなた、この食卓を見て。まるで地獄よ。てんでバラバラじゃない。私だって、お嫁に入るまでは、虫なんて気持ちが悪いし、殺したら捨てるのが当たり前だったわ。それまでの人生では虫の死骸をゴミだと思っていたのに、沢口家にお嫁に来て、無理矢理それを食べたの。それを思うと、このテーブルの上にあるのは全部、生ゴミよ」

「お前……」

「あなたの家の味を引き継いだ自分が間違っているとは決して思わないけれど、このテーブルは地獄よ。昔と違って、皆、それぞれわけのわからないものを喜んで食べる時代になったのよ。それに、こんな食卓を融合したら、それこそもっと薄気味の悪い食べ物しかできないと思うわ」

「そう、それなんだよ、母さん」

圭一さんが嬉しそうに言った。

「同じ釜《かま》の飯《めし》なんて食べなくても、僕たちは分かり合えるんだ」

「……そうだな……」

栄治さんはまだ不満がありそうだったが、食卓の上の惨状を見て、何かをあきらめたように呟《つぶや》いた。

「もう昔の考え方は通用しないのかもしれないな。それに家の味を久美さんに引き継いでもらったところで、結局お前はお菓子とフライドポテトしか食べないし、意味なんてないのかもしれないな……」

「そうだよ！」

圭一さんが叫び、

「私も賛成です！」

と私も思わず大声をあげた。

「私は、食べることはそれを生産した世界を信じることだと思うんです。でも、信じない誠実さもあると思うんです。私も、夫が買ってなければこんなもの食べてないです。色も変だし、プラスチックみたいな舌触りだし、芳香剤みたいな臭いがするし。ゴミですよね。でも、これを食べている夫が面白くて、ついつい合わせてしまうんです」

「まあ、そうだったの」

「皆で乾杯しませんか。それぞれの気持ちが悪い食べ物に乾杯！」

興奮した圭一さんが叫び、妹も深く頷いた。

「じゃあ、マクドナルドへ行ってフライドポテトを買ってくる」

立ち上がりかけた妹を、圭一さんが制した。

「いや、今日は鞄の中に、プリングルズとマカダミアナッツチョコレートとコーラを入れてきたんだ。それを食べるよ」

「いかにも圭一らしい食事だな。今まで子供のころから、圭一の食生活には悩まされてきたが、これこそが圭一なのかもしれん」

全員、奇妙に興奮して、何を言っているのかわからなくなってきた。それでも気持ちだけは同調していて、私は冷蔵庫からビールを取り出した。

「皆さん、ビールは飲めますか？　飲めない方はミネラルウォーターでも、ハッピーフューチャーフードのドリンクもありますが」

「ビールは飲めるぞ」

「お姉ちゃん、私はお水がいい」

「麦茶のおかわり、頂いていいかしら」

それぞれが自分の好きな飲みものを手に取り、グラスを高く掲げた。

「じゃあ、乾杯！」

「皆の、薄気味悪い食べ物に乾杯！」

最高潮に盛り上がったところで、鍵をあける音がした。リビングのドアがあき、夫が顔をのぞかせた。

「ただいま……ああ、まだ皆さんいらしたんですね。邪魔してしまったみたいですみません」

「いえいえ、こちらこそお邪魔しています」

圭一さんが夫に頭を下げた。

夫は笑顔で圭一さんと握手をし、私が座っていた椅子に腰掛けた。例の水色のドリンクを出そうかと冷蔵庫に近付いた私に、夫の声が響いてきた。

「いやあ、なんて素晴らしい食卓なんだ。僕もぜひ仲間に入れてください。これこそ、異文化の交流だ」

「お義兄さん、どうしたの？」

妹が近寄ってきて耳打ちした。

「さあ……」

一体どういう風の吹き回しだろうと首をかしげている私たちに、夫が饒舌《じょうぜつ》に喋る声が聞こえてきた。

「いや、実は今日は、異業種交流会へ顔を出していましてね。そこで声をかけられて、食に関するセミナーに参加してきたんです。素晴らしい内容でした。人生が変わりましたよ。食は最高の文化交流の場だ。一食食べるごとにどれだけのことが学べるか。栄養だけではなく文化も摂取するというのが、これからの時代の、新しい食生活だということがわかりました！」

なんとなく合点がいき、私は妹に囁《ささや》いた。

「たぶん、セミナーに影響されたんだと思う。夫は物凄《ものすご》く影響されやすい人なの」

夫はいつも「ワンランク上の生活」に憧れているので、それをエサにした勉強会やセミナーにとても騙されやすい。特に高いものに騙されやすいので、おそらく、高額な授講料を払ってきたのだと思う。夫は恍惚《こうこつ》とした顔で喋り続けている。

「一年は三百六十五日、一日三食で合計千九十五回の食事をする。それは全てチャンスなんですよ。その千九十五回で異文化を学び続ける、それこそが成功者になるコツで、同じ食事ばかりしている人間は学びの機会を逃し続けているというわけです」

「はあ……」

困惑した様子の幸絵さんにもかまわず、夫は小皿を手に取った。

「やあ、なんて美味しそうなんだ。テーブル全体が輝いて見えるよ。このパンはなんだい？」

「あ、それは魔界都市ドゥンディラスの……」

妹が慌てて駆け寄る。

「いやあ、久美ちゃんの手料理か。これは素敵だね。一つもらっていいかい？」

「はあ、いいですけど、お口に合うか……」

「口に合わないものを食べる。それこそが、人間を豊かにするんだよ、久美ちゃん」

夫にウインクをされ、妹は曖昧に笑って腰かけた。

椅子を夫にとられた私は、キッチンにあったスツールに座った。なんだか、テーブルに近付くのが怖かった。

夫は魔界都市ドゥンディラスのパンの上に、「これも初めて見るなあ、美味しそうだ！」と、小さな芋虫の甘露煮を載せ、ハッピーフューチャーフードのフリーズドライの野菜を重ねて、圭一さんのコーラを手に取った。

「見てくれ、まさに文化の融合だ！　この一食で、僕はどれほどの文化を学べることだろう！」

夫はそのままパンを二つに折って、ごちゃごちゃになった食材に噛《か》みついた。

「うっ……」

幸絵さんがハンカチで口を押さえた。

夫の口の中で、魔界都市ドゥンディラスのパンと、芋虫と、ハッピーフューチャーフードの食品と、コーラが混ざり合っている。私も吐き気がこみあげて、思わず目を背《そむ》けたくなった。

皆、青ざめて夫を見つめている。夫だけが気が付かずに、笑顔で咀嚼《そしゃく》し続けている。

「おいしいなあ、おいしいなあ！」

夫の明るい声が響き渡っている。夫が咀嚼をする音が、しんとした部屋の中で耳障りに鼓膜に纏《まと》わりつく。

「なんて素晴らしい食卓なんだ！　おいしいなあ！」

私たちは化け物を見る目で、手の中の食材に齧《かじ》り付《つ》く夫を見つめ続けている。

夏の夜の口付け

夏はキスの季節だ、と友人の菊枝《きくえ》が言っていた。先週75歳になったばかりの芳子《よしこ》は、網戸越しに強い夏の夜の匂いを感じながら、ふと、そんなことを思い出した。

芳子はセックスをしたことがない。キスもない。5年前に亡くなった年上の夫とも、一度も行為に及んだことはなかった。二人の娘を人工授精で産み、処女のまま母になった。娘は二人とも結婚し、今は夫が遺した家で気楽な一人暮らしを満喫している。

処女だという他は、ごく平凡に家庭を築き、老いてきた。それでも、何かの話の拍子に、「私はそういう経験がないから」と漏らすととても驚かれた。「え、なんで？　だって、子供は？　え、人工授精？　そこまでして、どうして？」皆、根掘り葉掘り芳子の性的指向や性生活を聞こうとした。嫌気がさした芳子は、そのことを秘密にするようになった。言わなければ、皆が芳子を「普通の人」として扱った。そういう世間の反応を、芳子は単純で、残酷で、傲慢《ごうまん》だと思った。

そろそろ風呂の準備をしようかと思った時、携帯が鳴った。近所に住む菊枝からだった。

「もしもし、あたしだけど。今夜、家に来ない？　妹から桃が一箱送られてきて、困ってるのよ。ほら、貴方《あなた》アレ作るの得意だったじゃない。果物を煮た……」

「コンポート？」

「そう、それそれ。あれ作ってよ。パートが終わるのが十時だから、そのころお店に来てよ。あと一時間くらいでしょ」

「年寄りに夜道の散歩なんかさせないでよ。まあ、いいけれど」

　同い年の菊枝とは、近所にあるコミュニティーセンターのサークルで仲良くなった。芳子は、菊枝のこういう強引なところが嫌いではなかった。菊枝はずっと独身で、仕事を定年になってからは年金と、住宅地の真ん中にあるコンビニエンスストアのアルバイトで暮らしている。夜勤にも入りきびきびと重い段ボールを運ぶ姿にはびっくりしたが、菊枝は平然と、「実家が農家だったからね。こんなの平気よ、鍛《きた》え方《かた》が違うわ」と胸を張った。

　夜の住宅地を歩いて菊枝の働くコンビニエンスストアに行くと、ちょうど菊枝が店を出てきたところだった。

「今日はデートはいいの？」

　芳子がからかうと、「ばかねえ、デートは雨の降った夜にするのよ。こんなに天気のいい夜じゃあ、健全すぎて夜道でキスする気分になんかなれないわ」と澄ました顔で言った。

菊枝は結婚経験はないがセックスは大好きで、今もよくパート先の男の子を誘っては40歳も50歳も年下の子と行為に及んでいる。おかげで、「色情狂」と呼ばれ店長からも恐れられていると威張っていた。

二人で連れだって夜道を歩いた。夜の住宅地は、車の音が波の音のように響くだけで、殆ど人影がない。菊枝は手に持っていたコンビニの袋から何かを取り出した。

「貴方も食べる?」

それはプラスチックの容器に入ったわらびもちだった。

「もうすぐ廃棄で捨てられるから買ってきたの。冷えてて美味しいわよ」

菊枝は黒蜜《くろみつ》をかけて、歩きながらわらびもちを口に含んだ。

「わらびもちって、男の子の舌と似てるのよ。だから食べたくなるの。キスしてるみたいな気持ちになるから」

「そう。じゃあ、いらないわ」

芳子が肩をすくめると、「あら、悪いこと言っちゃったわね」と菊枝が笑った。

自分たちは真逆なのに似ている。菊枝は、芳子が処女だと打ち明けたときも、「あらそう」と頷《うなず》いただけだった。

「やっぱり、一つ頂くわ」

芳子は手を伸ばし、一つを口に入れた。柔らかい塊を歯で噛《か》みちぎると胸がすっとした。「激しいキスねえ」菊枝が笑い、静まり返った夜道に二人の足音が弾むように響いていた。

二人家族

病室に入ると、菊枝《きくえ》はトイレに行っているのか、ベッドにいなかった。ベッドの上には女性週刊誌やら、イヤホンやらが散らかっている。家にいるときと同じだと、苦笑してそれらを片付けていると、隣のベッドに座っている女性が声をかけてきた。

「今日もお見舞いですか？　毎日大変ですね」

女性は50代だろうか。70歳の自分に比べるとかなり若く感じられる。芳子《よしこ》は目尻に皺《しわ》を寄せて女性に笑いかけた。

「やることがないから来てるようなものですよ。年寄りが一人で家にいると退屈で」

女性は感心した態度を崩さなかった。

「なかなかできることじゃないですよ。ご姉妹《きょうだい》ですか？　年齢を重ねても仲がいいご姉妹がいると、こういう時に心強いですよね」

「いえ、姉妹《しまい》ではないんです。でも、40年ほど前から一緒に暮らしています。家族なんです」

芳子の言葉に、女性は途端に戸惑った様子になり、「……あら、そうなんですか、へえ」と曖昧《あいまい》な相槌《あいづち》を打って押し黙った。

複雑な家の事情か、年老いた同性愛のカップルだとでも思っているのだろう。説明するのが面倒になっている芳子は、微笑んで会釈をするとまた菊枝のベッドの整頓《せいとん》を再開した。

「あら、来てたの」

点滴を引きずりながら、菊枝が病室に戻ってきた。

「まったく、トイレに行きにくくてこまるわ。いちいち尿を検査に出さなきゃいけないし」

ぶつくさ言いながら菊枝はベッドに腰掛けた。

「はい、これ、下着とタオル、こっちの引き出しに入れておくから。それと、もっと長いイヤホンがいいってずっと文句言ってたでしょう。電器屋で買ってきてあげたわよ」

「あらありがと、悪いわねえ」

菊枝はイヤホンが入ったビニール袋を受け取り、億劫《おっくう》そうにテレビを点《つ》けた。

「ろくなものやってないのよねえ」

その肩にカーディガンをかけてやりながらふと枕元を見ると、ノートとボールペンが転がっている。

「また書いてたのね」

「そうよ。完成したら朗読してあげるわね」

「いいわよ、気持ちが悪い。女学生でもあるまいし」

顔をしかめてみせつつ、芳子は内心ではほっとしていた。

癌《がん》が発覚した直後、菊枝は憔悴《しょうすい》しきって、検査の合間にこのノートに遺言を綴《つづ》っていたのだった。「湿っぽいことはやめてよ」といくら言ってもきかなかった。

菊枝には昔から、落ち込むと日記や詩をノートに綴る癖があった。けれどこれほど陰気くさいものを書いたのは今回が初めてだった。

手術で治るとわかってからは大分気持ちが上向きになったのか、今度は暇潰《ひまつぶ》しにくだらない詩を書くようになった。一回だけ見せてもらったが、『貴方《あなた》のシャツに浮き出る骨を皺だらけの指で辿《たど》り白いボタンを外す』だの、『老眼鏡をかけて見上げると漆黒《しっこく》の潤《うる》んだ瞳が私を見下ろしていて』だの、ふざけてるんだか真剣なんだかわからない調子で自分の性行為を綴ったものばかりだった。

「来てくれたのに悪いけど、お風呂行ってきていいかしら。予約の時間なのよ」

「はいはい、本でも読みながら待ってるわ。一人で行ける？」

「そこまで弱っちゃいないわよ、失礼ね」

顔をしかめると、菊枝は看護師を呼んで点滴の管を外してもらい、着替えとタオルを持って再び病室を出て行った。

芳子と菊枝は高校の同級生だった。高校の頃から、「30歳になっても結婚できなかったら一緒に暮らそうね！」と約束していた。周りにもそんなことを言っている子が沢山いたが、本当にやったのは二人だけだった。

芳子はガードが固すぎて、菊枝は男性関係が激しすぎて、お互い結婚相手は一生見つかりそうになかった。そして芳子の30歳の誕生日に一緒に暮らし始めたのだった。

翌年、精子バンクで精子を買って芳子が人工授精で長女を産み、その次の年に次女を産んだ。35歳の時、今度は菊枝が三番目の女の子を産んだ。千葉の郊外にマンションを買い、五人家族として仲良く暮らしていた。

子供は手がかかるが、それでも愛おしかった。だが、周囲からはいろいろ言われた。

「あの……山崎さんは小島さんとルームシェアなさっているんですよね。ほら、2年2組の奈々《なな》ちゃんのお母さんと」

長女が6年生の時、家庭訪問に来た担任教師は居心地悪そうにリビングを見回しながら言った。

「奈々はうちの三女です。どちらが産んだかにかかわらず、公平に育てています」

「……ええと、そういう複雑な環境は、子供が混乱するんじゃないでしょうか。ちゃんと、シングルマザー二人のルームシェアであることを、子供たちに伝えたほうがいいと思うんです。　大丈夫です！　瑞穂さんはとっても賢い子ですから、わかってくれますよ」

「いえ、だから私と小島菊枝は家族なんです。二人の間に出来た子供を姉妹として公平に育てています。何かおかしいですか？」

担任教師は、面倒な生徒を引き当ててしまった、という顔と、このままでいいのか、という顔と両方の表情を交互に浮かべ、「……はあ……まあ、家族にはいろんな形がありますもんね……瑞穂さんは成績もいいですし……」とお茶を濁した。

塾から帰ってきた長女に家庭訪問の話をすると、「ああ、あの人はいわゆる『普通の人』だから。世間の反応なんてそんなものでしょ」と醒《さ》めた様子だった。

「あんた、学校で何か言われてたりするの？　何かあったら相談しなさいよ？」

芳子が心配になって詰め寄っても、長女は淡々とした様子で、「芳子お母さん、世間に理解してもらおうなんて期待してるの？　自分たちが良ければいいって思わないと、この先やっていけないと思うよ」と妙に大人びたことを言うだけだった。

友人からも、本当は同性愛者なんだろうとか、なんで正直に金がないからルームシェアしてると言わないんだとか、あれこれ言われてきた。お前らだって若い頃、「年とってもお互い相手が見つからなかったら一緒に暮らそうね！」と言っていただろ、と殴りたくなった。自分たちはその約束を果たしただけだ。けれど、理解してくれ人はほとんどいなかった。

子供に負担をかけているのではないかと、さめざめと夜中に泣いたこともある。菊枝は、「お母さんが二人いるなんて、最高の環境じゃない。子供たちは喜んでるわよ」と強気な態度を崩さなかったが、たまにひっそりと、ノートを開いては弱気な言葉を綴っていることを芳子は知っていた。

二人で励まし合いながら、支え合いながら、やってきた40年間だった。子供たちは仲の良い三人姉妹として育った。長女は結婚して旦那の転勤について大分へ行き、子供を二人産んだ。次女はフランスに留学して翻訳の勉強をしており、三女は大学に行ったまま京都で就職し、それぞれがそれなりに幸せそうに暮らしている。

娘たちに病気のことを知らせると、長女は「しばらくそっちに行こうか。菊枝お母さんもだけど、芳子お母さんのことも心配だし」と言ってくれたが、「いいわよ、まだ子供が小さいんだから無理しないで。癌っていっても手術ですぐ治るんだから、盲腸みたいなもんよ」と言っておいた。次女は泣き虫ですぐに飛んできそうだったので、入院費より飛行機代が高くつくからときつく言って聞かせた。三女は週末に新幹線で顔を出しに来てくれたが、すぐに慌ただしく帰っていった。

「結局、二人なのねえ」

弱気になっていたのか、三女が新幹線の最終だと急いで立ち去ったあとの病室で、菊枝が呟《つぶや》いた。

「ずっと二人だったじゃない。家族なんてそんなもんよ。子供は羽ばたいていくんだから」

励ますつもりで言ったのだが、そのあと菊枝は二冊目のノートに突入してしまったので、落ち込ませてしまったのかもしれなかった。

菊枝は男性関係が激しく常に恋人がいたが、癌だと伝えると15歳年下の恋人と音信不通になってしまったらしい。それが尚更《なおさら》菊枝を落ち込ませているのかもしれなかった。

「お待たせ。ああ、さっぱりしたわ」

菊枝が髪を拭きながら戻ってきた。

「まったく、退屈でやってらんないわよ。売店に行くのだけが楽しみなんだから」

「病院の中で素敵な人に声かけたりとかしないの？　あなた、得意じゃない」

菊枝は顔をしかめて、「死にかけは趣味じゃないわ」と言ったあと、「でも、隣の外科の病棟に、ちょっといいなと思ってる人がいるのよねえ」と頬を赤らめた。

「調子がでてきたじゃない。いいんじゃない、外科なら。夜中に病室に忍び込めば？」

「それが、ロビーで少し話しただけで病室がどこかわかんないのよ。ねえあなた、下の売店で口紅買ってきてくれる？」

機嫌良さそうに言う菊枝の髪をドライヤーで乾かしてやった。豊かな黒髪が自慢だった菊枝も、こうしてみると白髪がずいぶん増え、頭の天辺が薄くなってしまっている。

「わかったわ、口紅ね」

「そうそう、それとね、手術の日が決まったの。来週になったわ」

「……そう」

「平日だから、子供たちには言わないでくれる？　とくに瑞穂、あの子は変に責任感が強いから、言ったら必ず無理して来るでしょ。やなのよね、そういう辛気臭いの」

「わかったわ」

頷《うなず》きながら、自分にとって菊枝は何なのだろうと、ふと思う。もしこのまま菊枝を失ったら、自分はどうなるだろう。

親もとうに死に、子供はそれぞれの人生を歩んでいる。菊枝の入院で一番参っているのは自分かもしれないと、ふと思った。

「ああ、それとノートも買ってきてくれないかしら。もう今のが終わりそうなのよ」

菊枝は楽しそうな様子だった。あんなに落ち込んでいたのに、今はくだらない詩を書くのに夢中のようだ。

「まったく、紙の無駄遣いはやめてよね」

しんみりした気分を振り払うように大声で言うと、菊枝がノートを手に取って「最新作を読む？」と悪戯《いたずら》っぽく言った。

「やめとくわ。安っぽいポルノ小説みたいなんだもの」

「あなたに捧げる詩かもしれないじゃない」

「ますます読みたくないわ、そんなもの」

「憎まれ口ばっかり叩《たた》くのねえ。ああ、ほら見て」

菊枝が外を指差すので何かと思うと、雪だった。

「このことを詩に書くわ。濡《ぬ》れ髪《がみ》を乾かす家族の手、その向こう岸に雪景色……」

「安直な詩ねえ」

そう言いながらも、芳子はドライヤーを止めて空から舞い降りる雪に見とれた。

「私たち、もし一緒に暮らしてなかったらどんな人生だったかしらね」

「さあ。きっと同じよ。くだらない話をして、憎たらしいこと言い合って、それでもそれなりにやってくわよ」

「まあ、そうよね」

一緒に暮らしたことで、私たちには何かが発生したのだろうか。わからないが、菊枝が死んだら喪主は自分がやると決めていた。菊枝の今までの恋人たちではなくそれは自分だということだけは、はっきりとわかっているのだった。

「このまま積もったらマンションの雪かきが大変ねえ」

「そうよ。だから早く家に帰ってきなさいよ」

つっけんどんに言った声が掠《かす》れたのを聞き逃さなかったのか、菊枝は笑った。

「すぐ帰るわよ。私たちの家だもの。あんた一人の好きにはさせておかないわよ」

雪はどんどん強まり、窓の外が真っ白に染まっていく。「きれいね」と言いながら菊枝が子供のように身を乗り出した拍子に、その皺だらけの手から藍色《あいいろ》のノートが滑り落ち、ゆっくりと羽ばたくようにベッドの下へと舞い降りていった。

大きな星の時間

ある女の子が、パパに連れられて、遠い遠い国にある、小さな街に引っ越してきました。パパの仕事の都合で、これからはここで暮らすのだと言われました。「この国は、少し変わってるんだ」パパは女の子に言いました。

「誰も眠らないんだよ」

「じゃあ、夜はどうするの？」

「暗くなっても、夜にならないんだ。だからいつでも外をお散歩していいんだよ」

女の子は少しうれしくなりました。暗い時間にお散歩をしてもいいなんて、大人になったみたいで素敵だと思ったのです。

「でも、眠くならないの？」

「この街には、崖《がけ》の向こうから、魔法の砂が飛んできているんだ。その魔法の力で、みんな眠る必要がないんだよ」

その街での生活は不思議でした。太陽が空に上がって青空が広がると、「大きな星が出てきた」と皆、嫌な顔をして、家に帰ってしまうのでした。太陽が沈んで、「小さな星の時間」になったときのほうが、街は賑《にぎ》やかでした。大きな星は、近すぎるし、光が強すぎるし、熱くて眩《まぶ》しいので嫌なのだと、街の人は言いました。「小さな星の時間」はお菓子屋さんにもおもちゃ屋さんにも子供がたくさんいました。パパの言った通り、いくら時間が経っても、眠くなることはありませんでした。女の子は、人が少ない、「大きな星の時間」にお散歩をするようになりました。おもちゃ屋さんも、お菓子屋さんもがらがらでしたが、光に包まれたこの時間のほうが好きなのでした。

ある日、女の子は、公園で男の子に会いました。「あなた、大きな星が眩しくないの？」ベンチで本を読んでいる男の子に、女の子は声をかけました。

「少しも眩しくないよ。僕はこの時間のほうが好きなんだ。街が真っ白に光ってる」

男の子に言われて街を見回すと、確かに、大きな星の光が反射して、公園の滑り台も、向こうの建物も、道路も、白く輝いて見えました。女の子はつんとして言いました。

「私だって眩しくないわ。前の街では、いつもこの光の中で暮らしていたんだから」

「えっ、きみ、他の国からきたの？　すごいな。ひょっとして『眠って』いたの？」

「そうよ」

「いいなあ。『眠る』ってどんな感じ？」

「教えてあげるわ。簡単よ。目を閉じたらすぐよ。色とりどりの夢だって見られるわ」

女の子と男の子はベンチに座って目を閉じました。けれど、いつまでたっても、以前のようにすとんと眠りの世界に落ちていくことができませんでした。

「あなたが下手だから駄目なのよ。そうだ、このまま街を出て遠くに行きましょう。そうしたら眠ることができるわ」

男の子は困った顔をしました。

「きみ、知らないの？　この街に一度住んだら、一生眠ることはできないんだよ」

女の子は驚きました。

「魔法に一度かかったら、一生解けないいんだ。それはすごく便利だって大人は言うけど、僕は眠ってみたかったたな」

女の子は泣いてしまいました。必死に慰める男の子に、女の子は言いました。

「大人になったら、一緒に気絶しましょう」

「『気絶』ってなに？」

「眠るのとそっくりなことよ。二人ですごくびっくりすることをするの。そうしたら一緒に気絶できるわ」

男の子は「わかった」と頷《うなず》いてくれました。

「いつか、一緒に気絶しようね」

男の子は公園の白い花をくれました。男の子と一緒に気絶したら、きっと素敵だろうと思いましたが、涙は止まりませんでした。大きな星が、真っ白な光で二人を照らしていました。

ポチ

「今日の餌当番《えさとうばん》、代わってもらっていい？」

日直の仕事を先生に頼まれたというユキが、私に言った。

「いいよ」

すぐに頷《うなず》くと、ユキはほっとしたように、

「ありがとう。早く終わったら、私もすぐに行くね」

と言った。

ユキは真面目で、今まで一度も餌当番をさぼったことがない。私はピアノのお稽古や、お母さんのお手伝いや、いろいろな理由でユキに餌当番を代わってもらっている。ユキからお願いされるのは、私にはうれしいことだった。


私は学校が終わると、裏山へと走った。

裏山の小さな小屋の中に、私とユキの秘密のペットがいる。私の鞄《かばん》の中には、給食で余ったコッペパンが三つ、入っていた。

ポチは大人しく私を待っていた。

「ごめんね、ポチ、お腹すいた？」

ポチはのっそりと振り向き、私が持っているコッペパンを、壊れた眼鏡の奥からじっと見つめた。


ポチがどこから来たのか、私は知らない。ある日、ユキが、

「裏山でこっそりペットを飼っているの。ミズホちゃんも見に来ない？」

と言ったとき、私の胸は高鳴った。ユキは、無口で、あまり自分のことをしゃべらない。私は、ユキのことを、他のクラスメイトと少し違うと感じていた。自分の世界を持っていて、私たちのことも、先生のことも、冷静に見つめている。私はユキに、密かにあこがれていた。

そのユキが、私にだけ秘密を打ち明けてくれる。そのことが、私にはとても甘美な幸福に感じられた。

ユキが、

「これ、ポチ」

と、私のお父さんと同じくらいのおじさんを小屋から出してきたとき、心の中で仰

天した。

「ユキ、これ？　これを飼ってるの？」

「うん。かわいいでしょう？」

私は、ユキに頭を撫《な》でられて俯《うつむ》いている中年の男性を見て、恐怖を感じた。

「このペット、首輪、つけたほうがいいんじゃない？」

咄嗟《とっさ》に口から出てきたのは、とりあえずこの危険なペットが私たちに悪さをしないように、すぐに拘束したほうがいいという提案だった。

私の提案を聞き、ユキは、納得したように頷いた。

「そうだね。ペットだもんね。ミズホちゃん、さすがだね。ぜんぜん思いつかなかった」

次にポチに会いに行ったとき、ポチは赤い首輪をつけていた。

首輪にはチェーンは繋《つな》がれておらず、私はそれでは意味がないと思ったが、ユキがあまりにうれしそうだから口には出せなかった。

「赤い首輪にしたの。ミズホちゃんのお気に入りのワンピースみたいでしょう？」

「私のワンピース……？」

「うん。だってこれ、私とミズホちゃんのペットなんだもの」

ユキが珍しく微笑んだことで、私の頭の中にあった、危険という言葉はどこかへ飛んで行ってしまった。

ユキが、私の色を、大切なペットにつけてくれた。そのことに高揚し、私の頰は赤くなった。

「ありがとう、ユキ。首輪、かわいいね。似合ってる」

私は恐る恐る「ポチ」に近づいて、頭を撫でた。ポチからは、獣《けもの》のような臭いがして、頭のてっぺんの青白い皮膚はべたべたしていた。


ポチが私の差し出したコッペパンを食べ終えたころ、ノックの音がした。

「ミズホちゃん、いる？」

ユキがランドセルを背負ったまま現れた。日直が終わってすぐにここへ来てくれたのだとわかった。

「ポチ、おいで。ミルクも持ってきてあげたよ」

ユキがランドセルの中から、牛乳瓶を取り出した。

ポチはうれしそうに、でも少し遠慮がちに、ユキの取り出した牛乳瓶を見つめている。

「どうしたの。ポチのだよ？　飲んでいいんだよ」

ポチのお皿に牛乳を入れてあげると、ポチはうれしそうにそれを飲み始めた。

「ポチ、今日はよく食べるね」

ユキはポチの頭を撫でた。

「さっき、コッペパン、三つも食べたんだよ」

「そうなんだ。ポチ、お腹がすいてたのかなあ」

私はポチの頭を撫でるのを躊躇《ちゅうちょ》した。ポチはかわいいところはあるけれど、触るのは少し気味が悪い。ユキは平気そうに、ポチの頭や不精髭《ぶしょうひげ》を撫で回していた。


私とユキは朝、学校が始まる一時間前に待ち合わせて、裏山へと向かう。拘束されているわけではないのに、ポチは逃げることはなかった。じっと、大人しく私たちを待ち続けていた。

ポチはいつも四《よ》つん這《ば》いで、餌を食べるとき以外は手を使わない。そのことが、幾分私を安心させた。

私とユキは、いつも手をとりあってポチを隠している小屋の扉をあける。ポチは四つん這いのまま、潤《うる》んだ目でこちらを見ている。

ポチは鳴き声をあげることはほとんどない。たまに、

「ニジマデニシアゲテクレ」

と鳴くことがある。ポチは、私たちのペットになる前は、誰かにそうやって命令していたのかもしれなかった。

ポチをどこで拾ってきたのか、ユキに聞いてみたことがある。ユキは「大手町」と言った。

「塾のテストがあって、大手町に一人で行ったの。そうしたらポチが迷子になってたの。そのまま連れ帰って、餌をあげたら、なついちゃって。そのとき、ミズホちゃんの顔が浮かんだの。一緒に飼ったら、きっと、かわいいだろうなあって」

大手町では今もポチのことを探している人がいるのかもしれない。でも、私とユキは、誰か他の飼い主がポチを迎えにきても、秘密を守り抜こうと決めていた。ポチはこんなに私たちになついているのだ。大手町より、学校の裏山での生活のほうを気に入ってるのに違いなかった。


ある日、ポチに餌をあげに行くと、小屋の扉が開いていた。

「ポチ？」

ユキは呼びかけながら小屋へと駆け込んだ。

小屋の中には大きな靴の足跡があった。ポチの姿は見えなかった。

「ポチ？　ポチ？」

「この足跡、『大手町』じゃない？」

私が足跡を用心深く見ながら言うと、「そんな」とユキが青ざめた。

「ポチ、大手町に帰っちゃったのかな」

俯いたユキを抱きしめて慰めようと手を伸ばしかけたとき、外から物音が聞こえた。

「ポチ！」

ユキは私の指先をすり抜けて、小屋の外へと走った。

そこには、蹲《うずくま》ったポチがいた。

「ポチ、よかった、よかった！」

ユキはポチを抱き寄せて、頭と背中を撫でた。

ポチは大手町の追っ手から逃げていたのだろう。頭とスーツに葉っぱがたくさんついている。

「ニジマデニシアゲテクレ」

ポチは小さな声で鳴き、ユキの腕の中で目を閉じた。

魔法のからだ

瑠璃《るり》と、橋本誌穂《はしもとしほ》が仲良いのって、意外。アキやミホは私に言う。

「部活が同じなのはわかるけどさ。タイプが全然違うじゃない？」

中学二年生の教室には、身体がすっかり膨《ふく》らんでもう大人の「女」の形になりかけている女の子と、小学生だったころの身体の輪郭がまだあちこちに残った、少年じみた肉体のままの女の子が入り交じっている。

胸の下まであるストレートの黒髪のせいなのか、伸びすぎた身長のせいなのか、大きいと言われる胸のせいなのかは知らないけれど、私はよく高校生や、時には大学生と間違われる。友人からも口々に「大人っぽい」と言われる。そんな私が、まだするりとランドセルを背負えてしまいそうな誌穂と一緒にいると、違和感があって目立つのかもしれない。

誌穂は小柄で見た目も幼い、大人しい女の子だ。入学式から成長していないのか、セーラー服がまだ大きくて腕を上に上げると夏服の袖口《そでぐち》からまっ白な脇の下が見える。いつも教室の隅で、同じように大人しい五十嵐《いがらし》さんや佐々木《ささき》さんとお喋《しゃべ》りをしたり、机で本をじっと一人で読んでいたりする。

私は、アキやミホと同じような、「進んでる」感じの女の子だから、誌穂とは合わないんじゃないかと、二人は思ってるみたいだ。「進んでる」って、確かに私はクラスメイトによく言われるし、アキやミホも自分をそうだと疑ってないみたいだけれど、「進むって、どこに向かって?」と私は思っている。クラスの女子より容姿が大人びていて、ファッションやお化粧に詳しくて、アキみたいに高校生の先輩と付き合っていたり、ミホの家庭教師の大学生に車を出してもらって夜遅くまで遊んでいることが、「進んでる」ということなのだろうか。なんだか子供っぽい言葉だな、と私は思う。

皆の言葉を借りれば、たぶん、この教室で一番「進んでる」のは誌穂なのではないかと思う。私しか知らないことだけれど、誌穂は、小学校一年生のころから恋人がいて、三年生でキスをし、小学六年生の夏に、自分の意思で恋人とセックスを経験している。でも、誌穂が大人なのはそういう経験があるからじゃない。そんな事実がなくても、私は誌穂のことを、大人だな、と思っていたと思う。誌穂は、皆がこぞって「進んでる」場所を目指してなんかいない。自分の身体や欲望を、人の言葉や価値観を借りて表現することもない。いつも、丁寧に自分の身体と向き合っている。誌穂のそんなところに、私は一番憧れている。

最初に誌穂のセックスの話を聞いたのは、中学一年生の冬のころだった。

放課後、私は誌穂と部室で二人きりになることがよくあった。美術部は油彩と水彩に分かれていて、油彩を描いているのは私と誌穂しかいなかった。道具が高いのと、難しそう、という理由で、みんな水彩を選択してしまい、第二美術室のほうで作業している。第一美術室に二人きりで黙って筆を動かしているのも気まずいので、私から話しかけているうちに仲良くなった。

誌穂は教室にいるときのまま、大人しくて真面目だったが、どんな話をしてもふざけることなく丁寧に考えて答えてくれるので、私は彼女と話すのが楽しかった。一年生の冬休みが終わったばかりのころ、恋愛の話になった流れで、誌穂が男の子とセックスをしたことがあると聞いたとき、私はとても驚いた。小学生で経験があるのは、私には早いように思えたし、もっと大人びた遊んでいる子ならともかく、誌穂みたいな大人しくて幼い女の子がそんな経験をしているなんて、にわかには信じられなかった。私は咄嗟《とっさ》に、誌穂がロリコンの変態男にでも騙《だま》されているのではないかと心配した。

「そういうのじゃないよ。私、自分の意思で彼とセックスしたんだ。だから大丈夫」
「え……でも、相手の男の子はいくつなの？　騙されてるんじゃない？」
「相手はね、同い年の男の子。いとこなんだ。キスもセックスも、私からだった。もちろん、陽太《ようた》、あっ、いとこの名前ね、陽太の怖がることはしてないよ」

「詩穂から誘ったの？　な、なんで？」

「うーん、うまく説明できないけど……それがセックスだってことまでは、あんまり考えてなかったんだ。抱き合っているうちに、彼の皮膚の内側に行きたくなったの。それだけ」

　私は初潮もまだ来てないような詩穂の未成熟な身体を呆然《ぼうぜん》と眺め、その話をなかなか信じることができなかった。じっくりと話しているうちに、詩穂がそういう行為をしたのは、相手の男の子の性欲に付き合ったわけでも、好奇心でも、人より大人になりたいという自意識からでもなく、本当に純粋な発情からなのだと思えるようになった。

　詩穂は恋人の男の子と、お盆にしか会えないという。毎年、お盆になると親戚がみんな田舎に集まって過ごして、十人近くいるいとこ皆で花火をしたり、スイカを食べたりして過ごすそうだ。小さいころから二人は結婚しようと約束していて、一緒にこっそり家を抜け出して、蔵の中を探検したり、おばあちゃんの田んぼのあぜ道を手を繋《つな》いで歩いたりしていたのだそうだ。

　詩穂は東京に、男の子はおばあちゃんの家の近くに住んでいて、かなり距離があるので二人だけで会うのは難しいという。会えるのはお盆のときだけだから、その時期は存分に一緒に過ごすのだそうだ。小学三年生のお盆に屋根裏部屋でキスをして、一昨年《おととし》のお盆のとき、蔵の中でセックスをした。そうあっけらかんと話す誌穂に、私は面食らった。

キスやセックスは、もっといやらしいことだと思っていた。でも誌穂と話していると、それがとってもあどけない、純粋なできごとに思えてくるのだった。

二年生になって、同じグループのアキや隣のクラスの女の子が、先輩がキスをしてくれたとかそんなことで騒ぐようになっても、彼女たちが経験したというキスが、誌穂と同じものだとはどうしても思えなかった。

誰かの皮膚の内側に行きたい。そんなことを思ったことが私はなかった。他の女の子は、それほど確固たる欲望を持って、男の子とキスをしているようには見えなかった。キスをされてしまった自分が「進んで」いて大人だと思いたいだけに感じられた。誌穂は一度も、キスをされる、という言葉を使ったことがない。誌穂にとって、キスは自分の意思でするものなのだろう。

誌穂の話を大人が聞いたらとんでもないと大騒ぎになるのかもしれないけれど、彼女は自分の身体に誠実なだけなのだと私は思う。ちゃんと、自分の欲望を丁寧に見つめ、自分の身体と対話した上で、相手のこともきちんと尊重して性行為をしているのだ。だから、誌穂のキスは、誰かが作った「いやらしいもの」ではなくて、誌穂のものなのだと思う。

早く経験することを大人だと思うほど子供ではない。ただ、私も誌穂のように、自分の発情に誠実でありたいと強く思うのだ。

今日は雲一つない天気で、水彩の皆は先生の引率で近くの公園へ写生に行ってしまい、隣の第二美術室にすら誰もおらず、いつも以上に静かだった。

「ねえ、誌穂もキスのとき、舌を入れたりするの？」

赤い絵の具を混ぜながら唐突に尋ねると、誌穂が筆を止めて無邪気な笑い声をあげた。

「瑠璃、そんなこと、誰に聞いたの？」

「昨日、ミホとアキが言ってた」

小さな声でそう返す自分が、ひどく幼く思えた。

キスやセックスについて、私には保健の授業で習った程度の知識しかない。誌穂は、自分と同じように愛し合って性行為をする小学生が出てくる漫画や小説を読んだことがあるらしいが、怖くて借りることができなかった。

誌穂の影響のせいか、私は猥雑《わいざつ》な言葉でそういうことを表現されるのがあまり好きではなくて、皆がそういう話を始めると輪から外れてしまう。「瑠璃は下ネタ嫌いだから」とアキたちは言う。

友達が私に「ねえ瑠璃、知ってるー?」と無理矢理差し出そうとしてくる「下ネタ」をできるだけ遮断していたせいか、私は昨日までキスに舌を使うなんてことを知らなかった。アキやミホは、「え、瑠璃、そんなことも知らないの⁉」と爆笑した。

「舌の使い方にも、なんかテクとか、いろいろあるらしいよー」

「私も先輩にされそうになったけど、途中で気持ち悪くて逃げちゃった。先輩かっこいいけどさ、AVみたいなんだもん」

「そうそう、アキの家でこの前、ネットで見た動画がエロくてさあ……」

猥談としてそんな話をする二人が、何だか危うく思えた。

二人は誌穂より過激なことをたくさん知っているのかもしれない。

でもアキやミホは、誰かが作った「いやらしいもの」の話をしているだけで、自分の身体の中のいやらしさを、きちんと育てていないように、私には感じられてしまう。だから他人の「いやらしいもの」の中に簡単に呑み込まれていってしまいそうに思える。けれど、この年齢でそんなことも知らないなんて、幼すぎるのだろうか。知識がなければ防御もできないから性教育は大事よ、とママは言う。だから授業には出ていたけれど、それだけでは知ることができない「エロいこと」が、世界にはたくさんあるみたいだった。

「こんなこと知らないのって、変かな」

「変なんかじゃないよ。それに、どんなキスをするのかなんて、そのときにならないとわかんないよ。私と陽太がキスをしたときだって、大人たちがそういうことをしてるなんて全然知らなかった。自分がしてみたいな、て思ったことと、たまたま重なってただけだよ」

「元から知識があって、そういうキスをしたわけじゃないの？」

　誌穂は首を横に振って笑った。

「ううん。二人で二人だけのキスをつくったの。後になってから、本で、他の人もそうやってするんだって知ったとき、ちょっとほっとしたけど、がっかりもしたなあ。私と陽太だけの発明だと思ったんだもん」

「どうしてそうしたくなったか、誌穂にもわからないの？」

「うん。最初は、お互いにほっぺたを舐《な》めあってたんだ。柔らかくておいしそうだから。そのうち、私、陽太の身体の中に、入ってみたくなったの。皮膚の中に行きたくて、瞼《まぶた》を舐めた。陽太が驚いて、ぱかって口をあけたから、そこに舌を突っ込んだんだ。陽太はすごくびっくりしてたけど、説明したら、わかった、いいよって言ってくれた。

　陽太の肌は日焼けしてて、私より分厚いの。それを舌で触るのが好きだったんだけれど、口の中は違った。最初は、下唇の後ろを舐めたの。柔らかくって、赤ちゃんみたい、人の内臓ってこんなに柔らかいんだって思った。

もっと陽太の内側を味わいたくて、歯の裏側を飛び越えたら、少しだけ血の味がした。そこには口内炎があって、陽太に小さな穴があいていたの。痛くないように、そこをそっと舌で撫《な》でた。陽太の身体の中は複雑で、いくら舌で触っても飽きなかった。陽太の中からどんどん水が湧《わ》き出《で》てきて、口の中が濡《ぬ》れていくの。歯茎は堅くて、舌の根元は血管ででこぼこしてた。陽太の内臓に今、自分がいるんだって思うと、とってもうれしかった。

陽太の丈夫な皮膚の内側がこんなにふわふわしてるなんて知らなくて、私は陽太のほっぺの裏側をずっと舐めてた。陽太はくすぐったいって言って、笑ってた」

誌穂の話は、アキやミホがしていた「エロくてテクのあるキス」とはだいぶ違う気がした。

「私も、誰かにそんな気持ちになることあるかな」

「きっとあるんじゃないかな。瑠璃は大人だから」

私は驚いた。

「え、でも私、アキたちに子供って言われるよ。瑠璃は何も知らないって」

「瑠璃は知らないっていうことを大切にしているだけだって思う。私、いやらしい話をきちんとすることは大切だと思うけど、それって、大事な人とすれば十分なんじゃないかなあ。私も陽太と瑠璃にしか話してない。あんまり人に話すと、キスをすることができても、キスを作ることはできなくなっちゃう気がするんだ。瑠璃は知りたくないいんじゃなくて、自由でいたいんじゃないかなあ」

誌穂の言葉は、私を楽にしてくれた。私は少し緊張しながら、唾《つば》をのみ込んで、そっと口を開いた。

「……あのね、私、誌穂に言っていなかったけど、昔、一度だけ夢を見たことがあるの」

「夢？」

「不思議な夢。小学五年生のころ、初潮がきてしばらくした時期だったかな。私、お母さんがとりこんでくれたばっかりの、おひさまの匂いがする布団の中に入って、眠ってたの。そのとき、シャボン玉の中をふわふわ、漂う夢を見ていて」

誌穂は真剣にこちらを見ている。いつも筆の動きを止めないのに、今日はパレットの上に筆をおいていた。

「なんだか、むずむずするような気持ちになって、何だろう、って思ったら、シャボン玉が一斉にはじけたの。そのとき、身体中の血管がぎゅうって収縮するような感じになって、何かが、身体の中で本当にはじけたみたいで、びっくりして目が覚めたの。夢なのに、じーんって、全身に気持ち良さが残っていて、でもすっきりしてるの。あれは何だったのかな、って今も思うんだ。図書館で調べてもどこにも載ってなかった」

　誌穂はしばらく考えて、「それは、多分、男の子が夢精、って呼んでることだと思う」と言った。

「夢精？　女の子もなるの？」

「なるって聞いたことあるよ。たぶん、何かの小説で読んだのかな。素敵な体験だね」

「誌穂はなったことない？」

　誌穂は首を横に振った。

「一人ですることはあるから、そういうふうに身体がはじけることはある。でも、夢の中ではないなあ」

「そうなんだ」

　私は赤い絵の具をパレットの上でかき混ぜながら尋ねた。

「一人でするのって、どんな感じ？　聞いてもいい？」

「瑠璃にならいいよ。あのね、すごく無垢《むく》なことをしている感じ」

「無垢？」

「うまくいえないけれど、身体が子供みたいに無邪気になって、気持ちよくなって、それが体の中で破裂するの。終わったあとは、ふわふわっと心地よく疲れて、なんだか安心して、眠くなるんだ」

誌穂の言っていることは、私の体験と似ていたけれど、おとぎ話みたいな不思議な話でもあった。

先生の足音が聞こえてきて、私たちは慌てて筆をとった。

誌穂は夏に撮ったという写真を見ながら、田舎の光景を描いている。私はテーブルにのせたプラスチックの林檎《りんご》がうまく塗れなくて、パレットの上で赤をかき混ぜ続けていた。

プールが終わったあとの教室は、いつもより湿度が高くて、まだ泳いでいるような錯覚に襲われることがある。

私は髪を乾かすために、結ばずに髪を下ろしていた。胸の下まである黒髪が、プールの水を吸い込んでいて、微《かす》かにカルキの匂いがする。

四時間目の英語は自習だった。気だるい浮遊感の中、私は少し眠くて、アキやミホと男子がプリントをやりながらじゃれあうように話しているのをぼんやりと遠くで聞いていた。

不意に、男子の中でもお調子者の岡崎《おかざき》が、大声で言うのが耳に入ってきた。

「なー、女ってソロプレイするの？」

「ソロプレイって、ははは、岡崎ー！　やべーよ！」

しごくような手つきをしてみせた岡崎に、周りにいた男子が爆笑し、岡崎がにやつきながら「だってさー、AVとかではみんなやってんじゃん！」とふざけて言った。

「岡崎、最低！　そんなことするわけないじゃん」

アキが顔を真っ赤にして大声を出し、英語のプリントを丸めて岡崎の背中を叩《たた》いた。

「そうだよなー。でもさ、瀬戸《せと》とか、進んでそうじゃん。彼氏に教わったりとかさー」

「わかる、瀬戸ってエロいよな！」

苗字で名指しされ、耳がかっと熱くなった。いつもなら勢いよく言い返すのに、昨日誌穂にした話が頭の中に蘇《よみがえ》って動けなかった。

あの話をどこかで聞かれていて、陰で男子に笑われていたんじゃないだろうか。それでこんな話をして、私をいやらしい子だとからかって、反応を見て楽しんでいるんじゃないだろうか。そんな思いがよぎって、走って逃げだしたくなった。

声が出せなくなってひたすら話が終わることを願っていると、突然、「岡崎くん」という小さな声がした。机の上に膝を立てて座っていた岡崎が振り返ると、そこには誌穂が小さな身体で立っていた。

「岡崎くん、これ、日誌。さっき先生から預かった。昨日、日直だったでしょ。先生が書き直しだって」

「あ、ああ」

「下ネタ」を言って盛り上がっていた集団に、急に子供みたいな誌穂が現れたので、男子も少し呆気《あっけ》にとられた様子だった。

誌穂はすっと息を吸い込み、日誌を岡崎に向かって突き出したまま、まるで何かを唱えるかのように、か細い小さな声で呟《つぶや》いた。

「……私たちの快楽は私たちのもの、あなたたちの快楽もあなたたちのもの、私たちは私たちの快楽を発見する、快楽を裏切らない、私たちは私たちのからだを裏切らない……」

抑揚なく早口で呟かれた言葉は、誰かに聞こえることを目的とはしていなくて、本当に呪文のようだった。誌穂が握りしめている黒い日誌のファイルが、魔法の書物みたいに見えた。

男子とほとんど話すことなどない誌穂が、突然、ひどく小さな声で何かを呟いたので、皆は咄嗟のことに聞き取れなかった様子だった。「え、なに、なに?」と、戸惑って顔を見合わせている。

私は誌穂の小さな声を、なぜか鮮明に聴きとっていた。誌穂は言い直すことはせず、微笑んで「はい」と岡崎に日誌を渡すと、俯《うつむ》いたまま席に戻って、英語のプリントを始めた。

「え、なになに、何て言ってた？」

「私も聞こえなかった。なんだろ、あなたたち……とか？　からだとか、ちょっと聞こえたような……」

「わかんないけど、要するに、エロ話はやめろって意味じゃない？　ほら岡崎、橋本さんにまで怒られて、ばーか！」

アキが言い、「ほんとだよー、男子ってそんなことばっか。瑠璃も引いてるじゃん」と笑った。

皆はほっとしたように、下ネタを再開した。短絡的な言葉を沢山使って、とても下卑たことのように自分の知識や経験を披露する。そのたびに、アキとミホが「やだー」「ほんと最低！」と楽しそうな甲高《かんだか》い声をあげ、爆笑が起きる。皆はそうやって、自分の性を嗤《わら》い始《はじ》めた。

誌穂は決してそんなことはしないんだ。私は、顔を上げずにひたすらプリントに文字を書き込んでいる誌穂のことを、ずっと見つめていた。

昼休みになり、皆がお弁当を食べる準備を始めると、私は立ち上がりかけていた誌穂の腕を摑《つか》んで、ベランダまで引っ張った。

「どうしたの、瑠璃？　お昼、始まっちゃうよ？」

　窓を閉めてベランダに二人きりになると、詩穂が不思議そうな顔をした。

「詩穂。あのね、私、さっき、自分のこと恥ずかしく思ったんだ。そのことが、すごく恥ずかしくなった。だから詩穂が来てくれてよかった」

　詩穂はほっとしたように表情を緩めた。

「あのね、私もなんだ。あのとき、なんだか自分が笑われている気がしたの。自分にとって大事なものが、笑い話になって壊れちゃう感じがした。だから、あれはおまじないなの。私、声小さいし、岡崎くんにも誰にも聞こえないだろうなって思ったんだけど、どうしてもちゃんと言いたかったの。言える自分なんだって、自分の中で恥ずかしくないことなんだっていうことに、ちゃんとしておかないと不安だったの。自分の世界を守るためのおまじないだったんだよ」

　詩穂は困った顔をして俯いた。

「そうしないと呑み込まれそうだったの。瑠璃と一緒だよ」

　ぶかぶかのセーラー服に包まれて、俯いている小さな詩穂のことを、ずっと大人だと思っていたのに、目の前の詩穂はひどく儚《はかな》く見えた。私は詩穂の小さな身体に抱きついた。

　詩穂は華奢《きゃしゃ》で私よりずっと背が小さいので、私の腕の中にすっぽり収まってしまった。私の胸に顔を埋《うず》めながら、「瑠璃、どうしたの」と戸惑った声をあげている。

抱きついた私の黒髪と、詩穂の髪が絡《から》み合《あ》う。私たちの髪の毛からプールの水はほとんど蒸発していて、でも微かに、カルキの匂いが残っていた。

詩穂のまだ女の形に膨らみきっていない、少年みたいな身体に抱きつきながら、「詩穂、ありがとう」と私は囁《ささや》いた。

私たちはまだ危うくて、だから、強い言葉とか、世界を支配している大人の作った価値観に、簡単に突き飛ばされてしまう。そのたびに、私たちは呪文を唱えて、自分の身体を自分のものにしてあげないといけないんだ。それはきっととても大変なことだけれど、そうして守らないと、私たちの大切な世界は壊れてしまうんだ。私は詩穂を抱きしめる腕に力を込めながら、明るい声で言った。

「蟬《せみ》の声がする。もうすぐ夏休みだね」

私の言葉に、詩穂はぱっと明るい表情になり、私の腕の中で跳ねた。

「そうだね！　早く来ないかな。楽しみだなあ」

詩穂はきっとこの夏も、田舎に行き、そこで恋人に会うのだろう。そこで、詩穂は大好きな男の子と、セックスをする。そのことをとても幸福に思いながら、私は詩穂の柔らかい髪に顔を埋めた。

その夜、部活を終えて家に帰った私は、制服を脱いで毛布の中にもぐりこんだ。お母さんはパートで遅く、テーブルの上にはラップがかけられた夕ご飯がある。お腹はすいていたけれど、私には試してみたいことがあった。あのときの「夢」と同じ現象を、今度は自分の手で起こしてみようと思ったのだ。

あの夢のことを思いだしながら、私は目を閉じた。あのとき夢で見たしゃぼん玉を思い浮かべると、記憶に反応するように、身体の中で何かが疼《うず》いた。

身体の声に耳を傾けて、反応した細胞を皮膚の上から触る。足首のアキレス腱《けん》、耳たぶの裏、膝のうしろに、首の血管。細胞が少しずつ震えて、身体の中を、星屑《ほしくず》でできたような、ぱちぱちとした塊が動いていく。

その星屑の塊の声に従って、私は右足を毛布に絡めて、ぎゅっと力を込めた。星屑の塊は、震えたり、光ったり、揺らいだりしながら、私の足の動きに合わせて少しずつ膨らんでいった。

私は自分の皮膚の中を漂っていた。自分の身体の中には、血と内臓くらいしかないと思っていた。こんな、魔法の星屑の塊のようなものが、発生するだなんて思っていなかったし、身体の中がこんなに広い場所だと思ったのも、生まれて初めてだった。

あ、破裂する、と思った瞬間、身体の中で光の粒がはじけた。魔法の粒子が、全身から一気に蒸発する。身体から飛び出していく光の粒が見えるのではないかと、薄く目をあけると、夜風に揺れるカーテンが見えた。

夜の匂いが、ゆっくりと部屋の空気を揺らしている。シーツの上に散らばっている黒髪は、いつもよりざらついていて、そうだ、今日は昼間泳いだんだとぼんやり思った。

昼間プールで泳いだ後とそっくりの、心地よい倦怠感《けんたいかん》が体を包んでいた。風の中に浮かんで揺蕩《たゆた》っているような気だるさに身を任せて、私はうとうとと眠くなってきた。

ふと指先を見ると、放課後油絵を描いたときの赤い絵の具が、親指の爪《つめ》の先についていた。私はまどろみながらそれがとてもあどけないマニキュアのように自分を染めているのを見つめ、ゆっくりと眠りの中へと落ちていった。

かぜのこいびと

奈緒子《なおこ》は僕を、風太《ふうた》と呼ぶ。僕が、よく風になびくから。僕がいつも風に体当たりされて膨《ふく》れ上《あ》がっているからだ。

僕は、奈緒子が小学校一年生のとき、彼女の父親である崇《たかし》さんによって、この部屋に吊《つ》り下《さ》げられた。僕を銀色のフックで固定し終えると、崇さんは満足げに奈緒子の頭を撫《な》でた。

「ほら、奈緒子の好きな水色だぞ。綺麗《きれい》だろう」

「ピンクがよかった。水色じゃあ、夜になってもお空が青いままみたいだもん」

奈緒子は唇を尖《とが》らせたが、その目は、僕の空を薄く薄く溶かしたような淡い水色を、じっと追っていた。

僕はこの部屋の右側の窓を覆う役目だった。窓の向こうは白いベランダで、そのさらに奥には庭が見えた。双子の兄弟のような、もう一枚の布は、「もう、あとはここで、ただ風に汚れていくだけだから」と言ったきり、眠ってしまった。僕はちっとも眠くならなくて、奈緒子や、奈緒子の部屋のピンク色のクッションやぴかぴかの勉強机などを、好奇心たっぷりに見回していた。

奈緒子にも僕が目を覚ましているのがわかるのか、奈緒子は僕の方だけに「風太」という名前をつけた。

朝になると、奈緒子は赤いランドセルを背負って学校へ行く。しばらくすると奈緒子のお母さんの和美《かずみ》さんが入ってきて、部屋を掃除する。「換気しないとね」と言いながら僕の後ろのガラス窓を開いて行く。

奈緒子が帰ってくるまでの間、僕はひらひらと部屋の中を泳ぐように漂った。

奈緒子は学校から帰ってくると、「さむーい」と言いながらすぐに窓を閉める。そしてランドセルを背負ったまま、「風太、ただいま」と言って僕の胸に顔を埋《うず》めるのだった。

風太という名前を付けられておきながら、僕は風が大嫌いだった。冬は冷たいし夏は生ぬるいし、全身を撫で回されてるみたいで気持ちが悪い。寒がりの奈緒子はすぐ窓を閉めてしまうので、僕にはありがたかった。

奈緒子は、夜になると、暗いままの部屋の中で僕を静かに抱きしめて、顔を寄せた。僕は薄暗い部屋の中で、「風太」とたまに名前を呼ばれながら、奈緒子の両腕に締め付けられていた。悲しいことがあると、奈緒子はいつもこうして僕に抱きついてくるのだった。

ユキオが初めて部屋にやってきたのは、僕が11歳になったばかりのころだった。奈緒子は網戸をよく閉め忘れ、そうすると只《ただ》でさえ突風が多い風の中に、庭にある桜の花びらまで混ざって身体中にべたべた貼《は》り付《つ》いてくる、僕が一番嫌いな季節だ。

奈緒子は高校二年生になっていた。和美さんが、やたら浮き足立って、何度もジュースやお菓子を部屋に運んできた。和美さんが部屋を出て行くたびに、奈緒子とユキオは顔を見合わせて、照れくさそうに笑った。

「ごめんね、部屋に男の子が来るなんて、初めてだから、お母さんもなんだか浮かれちゃって」

「平気だよ」

ユキオは地味な風貌《ふうぼう》の男の子で、随分と華奢《きゃしゃ》だった。背もそれほど高くなく、骨の形が綺麗に浮き出た顔は奈緒子よりも小さかった。

黒くて細い髪の毛は、窓から差し込む太陽の光に当たると、表面だけが淡い茶色になって光った。薄くてまばらな眉毛《まゆげ》の下に、小さな葉っぱのような形の目があった。その中の黒目は、やはり窓からの光を反射するときだけ、淡い茶色になって見えた。

捲《まく》り上《あ》げられた制服の白いシャツからは、奈緒子の柔らかい手足と違う、細いけれど筋肉の形がきちんと浮き出た長い腕が伸びていた。

ユキオは和美さんよりも少しだけ大きくて、彼が歩くと、部屋には微《かす》かな風が起こった。

「あ、風太が窓にはさまっちゃってる」

奈緒子が立ち上がって、窓を開けて僕を引っ張った。

「風太って？」

「あ、このカーテンのこと……小さいころ、そう呼んでたんだけど、癖になっちゃってて。子供っぽい？」

「ううん」

ユキオは奈緒子を笑わずに、ただ目を細めて首を横に振った。

「いい名前だね」

ユキオはそれだけ言うと、和美さんが置いていったクッキーを食べ始めた。

その指も、腕も、音もなく動き、そのたびに、部屋に、微かな風が巻き起こった。

ユキオの筋張った腕は、風を纏《まと》っているみたいだった。

僕は、その静かな腕が部屋中の空気を優しく振動させているのを見ながら、あの風なら、僕も、全身に浴びたいと、そんなことを思った。

それからも、何度かユキオは家に遊びにきた。

三回目のとき、部屋の隅に置かれている小さいテレビで映画を見ていた奈緒子が、不意に、ユキオの制服の袖《そで》を引っ張った。

ユキオは風に揺れるように、奈緒子に顔を寄せて、そっと唇を落とした。ユキオの淡く桃色がかった薄い唇が、奈緒子に向かって音もなく舞い降りていった。それは、僕の目の前の網戸に貼り付いて落ちていく桜の花びらと、よく似ていた。

ユキオは目を開けていて、睫《まつげ》毛だけがほんの少し伏せられた。奈緒子は強く目を瞑《つぶ》っていたから、その風になびくような睫毛の動きは、僕だけのものだった。


それから少しした、土曜日の夜、ユキオが家に泊まりに来た。和美さんと、崇さんは、法事という行事のために遠くへ出掛けていて、家にいなかった。

一階のダイニングからは笑い声がずっと響いていた。二人はシチューを作っているみたいで、二階まで匂いがたちのぼってきた。

それから、二人は二階にあがってきて、並んで座りながら、プリンを食べていた。それは、奈緒子が昨日の夜から作って冷やしていたものらしかった。ユキオの、淡い桜色の唇の隙間に、白いプリンが滑り込んでいった。

「おいしいよ」

ユキオは微笑んで奈緒子を見つめた。奈緒子はつまらなそうに唇を尖らせた。

「でも、ポテトサラダは失敗しちゃったし、シチューは、ほとんど、ユキオに作ってもらっちゃったもん」

「泊めてもらうんだから、それくらいやるよ」

「そんなのやだ。プリンなんて誰でも作れるじゃん」

「そんなことないよ。おいしいよ」

「でもなあ……」

プリンを食べ終わると、ユキオと奈緒子は、立ち上がって、ベッドの上の白いシーツの隙間の中に、潜《もぐ》り込《こ》んでいった。

不慣れなユキオの指が、奈緒子の肌を滑っていくのも、ほとんど汗をかかないユキオの額に滲《にじ》んだ水も、僕はずっと見ていた。

ユキオの薄い皮膚から落ちる小さな水滴を鎖骨で受け止めた瞬間、奈緒子が一瞬、こちらを見た気がした。

翌朝、奈緒子は一人でベッドを抜け出して、着替えて一階へ降りていった。卵が焼ける香りが微かに漂ってくる。どうやら、昨日のリベンジをしようと、ユキオに朝ごはんを作っているみたいだった。

ユキオは奈緒子がいなくなったベッドで、肩を出して寝ていた。

その骨ばった肩が寒そうに震えた瞬間、僕は、銀色のフックを、カーテンレールから、一つ外していた。

一つ、二つ、と銀色のフックを外し、外から大嫌いだった風が吹いてきた瞬間、それに飛び乗ってジャンプした。

僕は部屋の中を風に乗って泳いだ。一瞬のことだったけれど何の音も聞こえなくて、まるで海の底にいるみたいだった。僕は息を止めたまま、静かにユキオの上にかぶさった。

ずっと見つめていた、ユキオの肌の感触があった。

「奈緒子……?」

ユキオは眠ったままそう呟《つぶや》き、僕を抱き寄せた。

ユキオの腕が微かな風を起こして、僕の身体を震わせた。ユキオの指が、足が、肩が、動くたびに、少しだけ湿った、静かな風を起こした。

「なおこ」

ユキオの唇から、また、微かな風が漏れた。

そのたびに、僕はその風を吸い込んで震えた。僕はこの風を浴びるために、この部屋に11年間吊り下げられていたのだと、初めてわかった。

「何してるの……?」

不意に、強張《こわば》った声がした。食事の仕度を終えたらしい奈緒子が、薄暗いドアの前に立って、こちらを見つめていた。

「あれ……」

目をこすりながら、ユキオが起き上がった。

「なんで、風太がここにいるの？」

「わかんない。風で飛んできたのかな」

「そんなこと。カーテンレールからフックを全部外して？」

「僕にもわかんないよ」

ユキオは不思議そうに僕を見た。ユキオの重みでベッドが軋《きし》み、僕はユキオの起こす振動で、微かな音をたてて床に落ちた。

冬になって、奈緒子の部活仲間が部屋に集まって、簡単なクリスマスパーティーが開かれた。ジュースにまぎれて少しのお酒の缶と、お菓子の袋がたくさん、奈緒子の部屋の中に散乱した。

中央に座って冗談ばかり言っていた、明るい茶髪の男の子が、急にユキオの肩をたたきながら言った。

「な、ユキオ、お前さあ、浮気したことある？」

「まさか」

「一回くらい、他の女とないの？」

奈緒子と仲のいい、ショートカットの女の子が、「バカなこと言って。ユキオはあんたとは違うのよ」と言いながら、男の子の頭をはたいた。

その様子を見ていたユキオが、炭酸水を飲みながら、涼しい顔で言った。

「そうだな。一度だけあるかもね」

「え、ほんと⁉　そんなことあったの⁉」

女の子が驚いてユキオに詰め寄った。ユキオは笑って急に顔をこちらへ向け、僕を指差した。

「一度だけ、奈緒子と風太を間違えたことがあったんだ」

「なあんだ」

皆は笑った。

「間違えて、抱きついて、『奈緒子』って呼んでた。びっくりしたなあ」

「バカじゃないの、ユキオってば」

茶髪の男の子だけが不思議そうだった。

「風太って？」

「奈緒子ってば、ぬいぐるみみたいにカーテンに名前つけてるの。子供っぽいんだから」

「まあまあ、そういうところが、ユキオも可愛いんだろ」

ユキオは小さく笑って、炭酸水を唇の隙間に流し込んだ。

奈緒子だけは笑わないまま、ベッドの一番隅に座り込んで、僕をじっと見つめていた。


それからしばらくした午後、夕焼けの差し込む部屋の中、制服姿のユキオと奈緒子が部屋で静かに言葉を交わしていた。

「どうしても別れるの？」

ユキオの言葉にびっくりして、僕は窓も開いていないのに揺れてしまった。

「うん」

「どうしてか、理由も教えてくれない？」

「……好きな人がいるの」

奈緒子は乾いた目で宙を見ながら言った。

「本当は、ユキオと付き合ったときから気付いてたの。ユキオは私の好きな人に少し似ていて、だからユキオを好きになったの。ごめん」

「……そうなんだ」

ユキオは、悲しいくらい素直に頷《うなず》き、それからしばらく二人は黙って、映画を見るように、窓の外の空が変わっていくのを見つめていた。夕焼けは少しずつ暗くなり、やがて藍色《あいいろ》の闇になった。

ユキオは少しだけ泣いた。

ユキオの目から流れ出る、透明な水を見ながら、ユキオをこんなふうに泣かせる奈緒子が憎らしいと、初めて思った。

ユキオがいなくなった部屋で、奈緒子は、僕に抱きついてきた。それは、とても久しぶりの抱擁だった。奈緒子の膝は震えながら、二つとも、カーペットに沈んでいった。その手は、僕をしっかり握ったまま離さなかった。

不自然に熱を持った奈緒子の呼吸は、夏の突風みたいで息苦しかった。奈緒子は湿った息で僕を湿らせながら、僕に顔を埋めた。

奈緒子は何かに祈るように、静止したまま目を閉じた。

僕はぼんやりと、ユキオの腕と指が紡ぎだす風のなくなった部屋で、重いからだをぶら下げていた。藍色に染まった部屋の空気は、しんと固まっていて、もう、少しも動こうとはしなかった。

パズル

震えながら開いたドアから溢《あふ》れ出《だ》す生温《なまぬる》い空気に誘い込まれるように、早苗《さなえ》は満員電車の車両へと身体を滑り込ませた。後ろから乗り込んできた会社員に押され、ゆっくりと背中を圧迫されながら人の壁にめり込んでいく。サラリーマンの顎《あご》の下に潜《もぐ》り込《こ》むと、そこから降りてくる湿った呼吸が額をくすぐった。

「大丈夫、早苗？」

側《そば》にいた同僚の恵美子《えみこ》に声をかけられた早苗はそちらに目をやり、「平気よ」と目尻を下げて微笑んだ。

電車が動き出すと、乗客達は酸素を求めるように僅《わず》かに顔をあげた。上向きの唇たちに囲まれた早苗は、身体の力を抜いて体温の渦に寄りかかった。さまざまな口から放出された溜息《ためいき》が溶けあった空気につかるように、目を閉じてその湿度を肌で味わい、その中を漂う。乗客が吐き出す二酸化炭素にまみれていると幸福だった。昔、森林浴という言葉が流行ったことがあったが、早苗は人間浴ともいえるこの状況が好きだった。

次の停車駅ではさらに人が乗り込み、ますます強まる温かい圧迫にうっとりとしながら薄く瞳を開けると、側にいたサラリーマンが舌打ちをしたところだった。薄いひび割れた唇の中で口内をはじく赤黒い舌を思い浮かべ、羨望《せんぼう》するように顔に開いた黒い穴を見つめた。早苗の視線に気付いたサラリーマンは一瞬不可解そうな顔をしたが、早苗が僅かに微笑んでいるのを見ると、自分が良い意味で見つめられているのがわかったのか、自尊心が満たされた表情へと変化した。

電車は早苗の乗り換え駅につき、名残惜しく思いながらも電車から流れ出た。ホームでは恵美子が溜息をつきながら乱れた髪を整えていた。

「恵美子」

「あ、早苗！　よかった、はぐれちゃったかと思った。今日は一段とひどいラッシュだったね、もう耐えらんない」

不快そうに眉間《みけん》に皺《しわ》を寄せた恵美子は、早苗が微笑んでいるのに気付くと不思議そうな顔になった。

「なんか、全然平気そうだね。いつもそう。早苗って、どんなときでも苛々《いらいら》しないんだよねえ」

「恵美子は、ラッシュが嫌いなのね」

「あんなのが好きな人なんていないよ」

「そうなの？　私は、嫌だと思ったことないけど」

柔らかい表情のままホームでざわめく人の波を見つめた早苗を見て、恵美子は肩をすくめた。

「早苗は、どこか達観してるとこ、あるからなあ。苛々してる早苗って、見たことないもんね。後輩の子達も言ってたよ、早苗先輩は絶対に怒らない、優しいって」

「そうかしら」

「うん、特に由佳《ゆか》とか、早苗さん大好き大好きってうるさくってさ。今度、また飲もうって言ってたよ」

「由佳ちゃんは、人懐っこいのよ」

喋《しゃべ》りながらエスカレーターに乗ると、ホームに次の電車が滑り込んできた。その音に振り向いた早苗は、ドアから流れ出る生命体の渦を見下ろし、思わずそこへ手を伸ばしそうになった。

「どうしたの、早苗？」

「……いいえ、何でもないわ」

早苗は小さく首を振って恵美子のほうへ向き直った。背中からは、生命体たちの熱気や肉体がたてる音が空気を振動させ、ゆっくりと押し寄せてきていた。

早苗の家は大きなオフィス街の狭間にある、小綺麗《こぎれい》なアパートだった。立ち並ぶビルの間をヒールで進みながら、早苗は、自分がこのビルの一つである感覚が拭《ぬぐ》えなかった。

コンクリートたちの灰色のグラデーションを見ていると、小さい頃住んでいた団地を思い出す。早苗はその頃から、自分のことを団地の一棟であると感じていた。

身体が少し弱かった早苗は、団地の中の公園で遊ぶ皆を、側のベンチに腰掛けて見ていることが多かった。足元に転がってきたボールを彼らに手渡すとき、その手の熱さに驚いたものだった。自分の青白い手とまったく違う、生きた肉の感触がそこにあった。彼らは生命体で、その内側には命の核がしっかりと埋め込まれているのだ、とそのとき思った。

早苗の背後では、灰色の団地たちが整列して、早苗と同じように子供達を見つめていた。

地元を出て東京で一人暮らしを始めるとき、交通の便が良いと紹介され、このオフィス街に連れてこられた。その光景を見て、ああやっぱり、と早苗はどこかで思った。『みにくいアヒルの子』の間違えてアヒルに育てられた白鳥の子供が、本来の群れへ帰っていくときもこういう感覚だったのだろう。しかし絵本と違うのは、早苗が帰っていくべき場所が白鳥の群れではなく、無機質なビルの整列であることだった。間違って紛《まぎ》れ込《こ》んだ人間の群れのほうがずっと美しいというのに、早苗は本来の場所へといつの間にか押し戻されてしまうのだ。

早苗は、カーテンの隙間から、街灯の下を通り過ぎていく頭と背中を見下ろした。人間の動き回る姿をいくら見ていても、飽きることはなかった。

人間には命の核が埋め込まれている。生命体とは何と美しいのだろう。顕微鏡で貴重な細胞でも覗《のぞ》くように、早苗はじっと彼らの皮膚や筋肉を目で追った。

中身が僅かに透けた皮膚の中には、蠢《うごめ》く内臓がぎっしりと詰め込まれている。筋肉が根のように張り巡らされ、首に浮き出た血管には血液が循環し続けている。思わずカーテンの隙間に潜り込んで窓に額をくっつけて見つめていると、視線に気付いた様子で一人がこちらを向きかけた。慌てて窓から離れ、薄暗い部屋の中央に逃げ込んだ。

ちゃぶ台の上に置かれた小さな手鏡に、早苗の青白い顔が映った。今朝、裏返すのを忘れていたのだと思いながら鏡に手を伸ばした。

そこに映る早苗の表面は粉っぽく、中にあるはずの血や肉がまったく透けて見えない。中まで表面と同じ素材で埋まっているのではないかと勘繰りたくなるほど、頬も額も均一な色をしている。アイシャドウを塗りつけた瞼《まぶた》だけは僅かに光沢を帯びているが、そのせいでいっそう、一箇所を塗装された白いコンクリートに見えてしまう。

電車の中で浴びた生温い二酸化炭素たちを思い浮かべながら、早苗は鏡にむかって大きく深呼吸をしていた。しかしエナメルでコーティングされた歯の隙間から噴き出す風は冷たく、呼吸ではなく送風をしているようにしか見えなかった。

早苗は溜息をついて、鏡を裏返してちゃぶ台に戻した。自分の生命体らしくない容姿をあまり見たくないので、鏡は朝の身支度のとき以外は見ないことにしている。ユニットバスには鏡がないので、この部屋にはこの小さな手鏡が一つあるだけだ。自分の姿が見えなくなり少しほっとすると、早苗は立ち上がって食事の準備を始めた。

空腹感をあまり感じない体質のせいか、顔にあいている黒い穴に食物を流し込んでいると、生ゴミを入れるダストボックスになったような気分になる。それが気持ちが悪くて食事を栄養補助剤ばかりにしていたら、貧血で倒れてしまったことがあるので、それから仕方なく、ある程度の量の食物をその穴に投入することにしていた。

朝つくった味噌汁《みそしる》を温めなおすと、出汁《だし》と味噌の香る湯気がたちのぼってきた。その匂いを吸引してもどうしても食欲がわいてこない自分をもてあましながら、ゆっくりと銀色のお玉で鍋をかき回し続けていた。


会社の昼休み、早苗は同期の友達数人と一緒に空いている会議室に入った。いつもはそれぞれ自前の弁当やコンビニの袋を開けるが、今日は全員、お揃《そろ》いの黄色いビニール袋をテーブルに並べていた。さっき、皆で連れ立って、側にできた新しいお弁当屋へ行ってきたのだ。普通の弁当だけでなくタコライスやロコモコなど、珍しい種類が揃っていて、評判がいいのでそこで買ってみようということになったのだった。

　包みの中から弁当を取り出しながら、恵美子が唇を尖《とが》らせた。

「さっきの店員には本当にムカついたね、態度悪いったらありゃしない」

「ほんと、ほんと。あんなバイト、さっさとクビにすりゃあいいのに。クレームの電話入れてやろうかな」

　注文を受けた店員の態度がつっけんどんだったことに、皆は苛々しているようだった。

　タコライスをプラスチックのスプーンですくって食べ始めた女の子が、顔をしかめた。

「うわ、まずい」

「ほんとだ、態度だけじゃなくて味もひどいなんて、ほんと最悪。二度と行かない」

「やっぱ、いつものお弁当屋にしとけばよかったねえ」

たしかに肉はパサパサしていて、ソースも味が濃く、上質な味とは言いがたい。微笑んで味わっている早苗に、恵美子が言った。

「早苗は苛つかなかった？　あの店」

「私？　ううん、別に」

　そう言って微笑む早苗に、別の友達が笑った。

「早苗は心が広いもん。滅多なことじゃ怒らないじゃん」

「別に、そんなことはないと思うけど」

「そうだよお、今日の昼だって、岡島《おかじま》にいろいろ言われてたけど、嫌な顔一つしてなかったじゃん」

岡島というのは早苗と同じ部署の女性だった。かなりきつい口調で注意するので嫌がられていたが、早苗は腹が立ったことが一回もなかった。

「あの人ってさ、そりゃ言ってることは間違ってないかもしんないけどさあ。あの言い方で注意されても、聞く気しないよね。ムカつくだけ」

「あたしも、岡島嫌い。一緒の部署じゃなくてよかったあ」

「つうか、好きな人なんていないって。早苗、可哀相」

「いや、でも早苗は平気そうじゃん？　岡島の悪口言ってるの、見たことないし。別に我慢してる様子でもないしさ」

「早苗って嫌いな人いないんだよねえ」

「ええ」

早苗は小さく微笑んで頷《うなず》いた。生命体たちに憧れはもっても、嫌いなどと思うはずはなかった。

「早苗ってすごいよね、厭味《いやみ》なくそう言えちゃうとこがさ」

「そうかなあ？」

「あたしさ、嫌いな人いないとか言う人って偽善者っぽくて嫌いなんだけど、早苗は別だな。本当にそうなんだろうなって感じするもん」

早苗はテーブルの上のミネラルウォーターを手にとりながら言った。

「私、小さい頃から、あまり人に苛々することがないの」

「へえ、そういう人ってやっぱ最初からそうなんだ。私なんて苛ついてばっかりで、ストレスで肌もガッサガサだよ。いいなあ」

「少しも良くなんてないのよ」

心からそう言いながら、早苗は女の子を見つめた。いつも彼女達に憧れているのは自分のほうなのだ。

溜息をついた同期の女の子の口の奥で唾液《だえき》が光を反射しているのが見える。生命体は泉のようで、そこからさまざまな液体が湧《わ》き出《だ》すのだ。唾液もそうだし、尿、血液などの液体、口からは内臓の臭気が染み込んだ空気が噴出し生臭さが漂っている。その一つ一つが、早苗が排出するとどうしても生々しさがないものばかりだった。

じっと視線を送っている早苗の瞳を、女の子が覗き込んだ。

「なんか、早苗の目っていいよね。人間が好きってていうのが伝わってくるっていうかさ」

「うん、なんか見られてると、気持ちよくなる」

あまりにじろじろ見ていた自分が恥ずかしくなって俯《うつむ》いた。

生命体たちのことを、いつもぶしつけではないかと思うほど見つめてしまうのだが、不思議と、嫌がられることはなかった。彼女らに向ける視線に羨望が入り混じっていると、皆、肌で感じ取っているのかもしれない。早苗の視線は、いつも好意的に受け取られた。

食事を終え、片付けをして戻ろうとしたところで、恵美子に声をかけられた。

「そうだ、忘れてた、早苗、これ」

「え?」

差し出された薄いビニールの袋を受け取ると、中はプラスチックのケースのようだった。

「あげるよ、あたしもう、使わないから」

「なあに、音楽?」

「ううん。エクササイズのＤＶＤなんだけどさ。こないだ、自分の身体が冷たい感じがするって言ってなかった? これ、けっこうハードだから、冷え性に効《き》くかもと思って」

自分の身体が冷たいというのは、恵美子が思うのとは少し違う意味だったのだが、彼女の気づかいを嬉《うれ》しく思った早苗は微笑んだ。

「ありがとう。やってみるわね」

「気にしないで、どうせ家に放ってあったやつだから。あ、あたし戻る前にトイレいくね」

そう言って軽く手を振ると恵美子は急ぎ足で廊下を進んでいった。その肉体の中に満ちている排泄物《はいせつぶつ》を思いながら、早苗は手に持ったビニール袋を静かに握り締めた。


仕事を終え、恵美子と連れ立って会社のあるビルを出ると、正面の花壇の脇に立っていた男が顔をあげた。夏の日差しにそぐわない黒い長袖《ながそで》のシャツに同じ色の細身のパンツ姿の男は、早苗達と目が合うと慌てて顔を伏せ、手に持った携帯電話をいじり始めた。

「なにあれ。怪《あや》しいね」

恵美子が顔をしかめた。俯いたまま携帯をポケットから出したり、入れたりしていた男は、手が滑ったのか、ズボンのポケットにねじ込みかけていた携帯を落下させた。早苗は足元へ転がってきた携帯を拾い上げると、男へと近づいていった。

「どうぞ」

微笑みかける早苗を驚いた顔で見ると、男は急いで早苗の手から携帯を受けとり、足早に去っていった。

「そんなもの、放っておけばいいのに。早苗はお人好《ひとよ》しなんだから」

早苗は男の額の皮から滲《にじ》み出《で》た汗や、皮膚の隙間で動き回る目玉などを思い返していた。俯いて自分の肌を見ると、青白い表面には、この暑さだというのに少しも水分が滲み出ていなかった。

「恵美子、今日もらったＤＶＤ、あれをやれば汗が流れるかしら」

「ああ、あれ？　すごく効くわよ、あたしなんかびっしょりだったもん」

「そう……」

男の立っていたアスファルトには数滴の液体が染みを作っていた。男から流れ出た汗が落ちたのかもしれなかった。早苗は自分の静かな表面を撫《な》でながら、その内側にあるはずの肉が蠢いて体液を流す光景を思い浮かべた。

薄いＴシャツとハーフパンツに着替えた早苗は、テレビの電源をつけた。帰宅してすぐに、恵美子からもらったＤＶＤを試してみようと、食事もせずに準備したのだった。

デッキにＤＶＤを入れると、外国人女性のインストラクターの姿が映し出された。皮膚に筋の浮き出た身体を見て、その身体の中にはりめぐらされている筋肉と、その中央にある心臓を思い浮かべる。思わず見とれかけたが、音楽が始まると我に返り、慌てて身体を動かし始めた。

しばらく指示に合わせて動いていると、少しずつ皮膚の中身が変化してくるのを感じた。身体の中の水が外に染み出していく。額からは皮膚の表面の小さな穴から液体が押し出される感触まで伝わってきた。

しかし顔を流れる汗はべたつかず、早苗の表面をするすると流れ落ちていった。腕に落ちた透明な液体を見ながら、早苗は窓の結露を思い浮かべた。それは体内から滲み出た水であっても、体液ではなかった。口の送風は激しくなったが、そのせいでかえって、自分がどこかにスイッチがある機械であるとしか思えなかった。

一時間ほど激しく動き続けるにつれ、自分が入れ物であるという感覚ばかりが強まっていった。内臓がいくら暴れても、水分が激しく外に滲んでも、早苗はそれらの容器だというだけだった。

早苗はついにエクササイズを止め、リモコンのスイッチを押して画面を消した。暗くなったテレビには、表面に結露した水滴が流れた、灰色の小さなビルが立っているだけだった。

早苗は内部から染み出した水を拭きとることもせず、ぼんやりと立ち尽くしていた。ふと思いついて、服の上から心臓の場所を押さえてみた。そこは激しく鼓動していた。

だが、金魚でも飲み込んで、それがそこで暴れているような、自分のものではない感覚しかおこらなかった。

溜息をつくと、暗い画面に顔を近づけて、自分の顔を見つめた。目と鼻と口には暗い穴があいていて、口からは舌が見え隠れしている。それは窓に張り付いたナメクジのようで、自分自身の神経が通った肉だとは到底思えなかった。

翌日、会社の飲み会へ行くために、同期の皆と連れ立って外へ出ると、恵美子が足を止めた。

「どうしたの？」

恵美子は早苗の方に目をやり、だまって顎で花壇をさした。そこには昨日と同じ男が、女の子の手首を摑《つか》んでいた。

「由佳のこと待ってたんだ」

恵美子の呟《つぶや》きを聞いてよく見ると、男に摑まれているのは後輩の由佳だった。側にいた同期の女の子が眉《まゆ》をひそめた。

「なにあれ、由佳ちゃんの彼氏なのかねえ？　それにしちゃあ、ずいぶん険悪な雰囲気だけど」

「助けてあげたほうがいいのかな」

「でもさあ、ちょっとやばそうじゃない？　男の人呼ぶ？」

皆が遠巻きに見ている中、早苗は躊躇《ちゅうちょ》せずに二人の側へと歩み寄った。

「由佳ちゃん、どうしたの？」

「早苗さん」

由佳がかぼそい声で言った。

「はじめまして、この子のお知り合いですか？」

肩を震わせてこちらを見た男は、早苗の顔に人懐っこい笑みが浮かんでいるのに気付くと、力が抜けたように由佳の手を離した。

「どうかしましたか？」

ますます目尻を下げて親しげに笑った早苗から一歩下がると、男は目を逸《そ》らしながら顔を伏せ、黒いシャツで汗を拭いながら歩き去って行った。

遠のいていく生命体を名残惜しげに眺めていると、由佳が早苗の腕にしがみついた。

「早苗さん、ありがとうございます」

「由佳ちゃん、すごく汗をかいているわよ。大丈夫？」

「はい……」

由佳の額と首筋に滲んだ汗を微笑んで見つめていると、後ろから恵美子の声がした。

「ちょっと早苗、大丈夫だった？」

「ええ」

「無事ならいいけどさあ。さ、もう皆行ってるよ。早く行こ」

「ええ。由佳ちゃん、行きましょう」

由佳の背中を抱くと、そこもしっとりと湿っているようだった。自分の乾いた腕に染み込んでくる彼女の水分を感じながら、早苗は味わうように彼女の背中へ腕を押しつけた。


飲み会が始まり一時間ほどした頃、奥の席で飲んでいた由佳が青白い顔で、ふらつきながら立ち上がるのが見えた。

苦しそうに押さえた胸元まで込みあげているだろう液体を思い浮かべ、早苗はすぐに後を追った。

期待通り、由佳はトイレにしゃがみこんで、便器に嘔吐《おうと》していた。

「大丈夫？」

「早苗さん……」

由佳は申し訳なさそうにこちらに弱々しい視線をやると、またすぐ便器に向き直った。

この小さな身体のどこにそれほどの水が隠れていたのか、固形と液体が入り混じった色とりどりの嘔吐物が便器へ流れ込んでいく。それはさっきまでテーブルにあった料理たちのはずなのに、彼女の内臓に溶かされてまったく違う異臭を放っている。

早苗は感動して便器に顔を近づけた。さっき彼女の口に入ってから一時間もしていないのに、これほど食物を溶かしてしまうなんて、生命体の内臓とはなんて力強いものなのだろう。

もっと内臓の匂いがする水を吐き出して欲しくて、ゆっくりと背中を撫でる。誘われるように、唇からまた、液体が溢れ出した。

思わず背中を擦《さす》る手に力がこもった瞬間、激しくむせる声がして、はっと由佳の顔を覗き込んだ。

「ごめんなさい、強くしすぎたわね。大丈夫？」

「はい……ありがとうございます、早苗さん」

嘔吐を繰り返したせいか、目が潤《うる》み、いまにもそこから液体が零《こぼ》れ落《お》ちそうだ。この穴からも液体が出てくるのかと、早苗は見とれかけたが、由佳は溜息をついて口元を押さえて俯いてしまった。早苗はハンカチを取り出し、由佳の胸元に僅かに飛び散った吐《と》瀉《しゃ》物《ぶつ》をふき取った。

「そんな、汚いのに、いいです」

「大丈夫よ。吐きたいときには全部出したほうがいいのよ。ね？」

便器からは嘔吐物の匂いがアルコール臭を混じえて漂っていた。臓器の匂いが染み込んだ液体の匂いに包まれながら、早苗はその源泉である由佳を目を細めて見つめた。

「はい、だいぶ楽になってきました……」

そう言いながら由佳は立ち上がり、便器の水を流した。胃液で溶けかけた鳥のから揚げや焼きそばたちが吸い込まれていき、また透明な水が張られただけの、味気ない便器に戻ってしまった。由佳は水道でうがいをすると、かすれた声を出した。

「すいませんけど、今日は、もう帰ります。会費はあとで払うんで……」

「わかった、荷物を持ってくるわね」

早苗は喋るたびに微《かす》かに内臓の匂いが漂う唇に視線を奪われながら、微笑んで頷いた。

荷物を持ち、肩を支えながら外に出ると、由佳が潤んだ目で早苗を見上げた。

「早苗さんって、どうして、そんなに優しくしてくれるんですか」

「え？」

早苗は意味がわからずに首をかしげた。由佳はかぼそい声で言った。

「あんなに吐いて、汚いのにずっと背中を擦ってくれて……」

「少しも、汚くなんてないわよ」

そう言って早苗が笑うと、目尻に涙を浮かべながら由佳が言った。

「さっきも、皆は遠巻きに見てるだけなのに早苗さんは助けてくれて……。あの男、別れた彼氏なんです。とっくに別れたのに、すごくしつこくつきまとわれてて……ほんと、怖いんです」

「そうだったの」

「最近は会社の前で待ち伏せされてて……」

早苗は男を思い浮かべた。挙動は少し変わっていたが、それがかえって彼を生き生きと見せていた。黒いシャツに包まれた震える肩を思い浮かべながら、早苗は微笑んだ。

「じゃあ、家の前にもいるかもしれないわね。私も行っていいかしら」

「そんな、そこまで迷惑かけられません。タクシーでこのまま友達の家に行くから大丈夫です」

「そう?」

タクシーを止めて後部座席に座らせると、由佳がハンカチで口を押さえながら深々と頭を下げた。

「早苗さん、ほんとにありがとうございます」

ドアが閉まったタクシーを見送って店へ戻ると、中で恵美子達が心配そうにこちらへ歩いてきた。

「由佳ちゃんどう、大丈夫だった？」

「ええ、もう大分楽になったみたい。タクシーで送っておいたわ」

「まだ一時間もしないのに潰《つぶ》れるなんて、元から体調悪かったのかね」

「今日は、いつになく沢山飲んじゃったみたいね」

「ふうん。自棄酒《やけざけ》って感じだったわよね、さっき変な男に絡《から》まれてたし、やばいんじゃないの、あの子。早苗、ずっと介抱してたんじゃない？　お疲れ様。あんた、いつもそういう子の面倒見、いいのよねえ。さ、まだ時間も早いしさ、飲みなおそ」

早苗は「ごめん、その前にちょっと、お手洗い行きたくなっちゃった」と言って、トイレへ向かった。

さっきまで由佳がしがみついていた便器に近づくと、まだ由佳の内臓の匂いがたちのぼってくる気がする。下着を下ろして便座に腰掛けると、由佳がずっとしがみついていた便器には、僅かに生温かさが残っていた。

早苗は軽く深呼吸をし、下腹に力を込めた。早苗は排泄があまり得意ではない。尿意や便意があってもどこか他人事のようで、切迫感がないため、力を入れないと外へ排出することができないのだ。

しばらくすると、やっと身体から生温い水が流れ始めた。なんとか排泄を終え、早苗は立って便器を振り返った。ビタミンをとりすぎているせいなのか、異様に鮮やかな、絵の具を溶かしたような黄色い液体が溜まっている。そこからは、動物の排泄物の匂いがまったくしなかった。

いくら見つめても、黄色い絵の具を溶いたバケツでも見つめているようで、そこから生命体の気配は感じられない。早苗の肉体にも、排出し終えた爽快感《そうかいかん》はなかった。身体の中を流れる色水が外に流れ出たという感覚なのだ。

溜息をついて水を流すと、鮮やかな檸檬色《れもんいろ》の水は便器の中に吸い込まれていった。

席に戻ると、早苗は荷物をまとめながら恵美子に声をかけた。

「ごめんね、私も帰るわ。少し体調が良くないみたい」

「え、早苗も酔った？　でも、ほとんど飲んでないよね？」

「うん、ちょっと風邪気味だったの。無理して来るんじゃなかったわね」

「大丈夫？　あたし、送ってくよ」

「少し熱っぽいだけだから、大丈夫よ。悪いけど、これ、由佳ちゃんと私の分の会費。よろしくね」

恵美子にお金を渡すと、薄手のカーディガンを羽織り、早苗は店を出た。ドアの前で荷物を肩にかけなおすと、男に滲んだ汗と、由佳の口から噴き出した嘔吐物を思い浮かべた。

ハンカチを取り出すと、そこからはかすかに由佳の内臓の匂いがした。自分の唇を撫でるとそこからは温度の低い送風があるだけだった。湿度がない風がもどかしく、人差し指を口の中に押し込んだ。だがそこにはぬめりけのない、雨水のような液体が滲んでいるだけだった。

俯いた早苗は、やがて少しだけ深呼吸をして、夜の繁華街を走り始めた。

最初は小走りだったが、だんだんとスピードを上げていく。水が噴き出し、鼻と口では酸素と二酸化炭素が激しく行き来し始める。胸を押さえると、心臓は激しく鼓動していた。しかし昨夜と同じようにその暴れる心臓は自分のものではなく、自分に寄生している別の生物だとしか思えなかった。自分がそれを包むコンクリートの容器でしかない、その感覚が強まっていくだけなのだ。

やはりだめだったか、と、早苗は小さく溜息をつき、足を止めた。

いつのまにか会社のあるオフィス街の方まで来てしまっていた。顔を伝う液体を拭って顔をあげると、目の前には淡い灰色のオフィスビルが建っていた。

そのビルを見上げて、早苗は思わず息を呑んだ。それは、今の早苗の姿そのものだったからだ。

淡い灰色のビルには窓が整列していて、その中では赤黒いものや生白いものがちらちらと姿を覗かせていた。

ビルの内臓だ。早苗は窓の中で蠢く肉に目を奪われた。

コンクリートの直方体の中で生命体が動き回り、呼吸をし、鼓動している。それは一匹の静かな動物だった。入れ物と、中を生きる生物ではなく、それらは一体化して一つの大きな生命体になっていたのだ。

早苗は自分の胸元に触れた。その奥では心臓が鼓動し、振動が皮膚まで伝わってきていた。

コンクリートと人間は、相反するものではなかったのだ。この世に蠢きまわる人間の全てが、私達、灰色のビル全ての、共有の内臓だったのだ。そう思いながら、早苗はふらふらとビルに近づいた。

淡い灰色の表面に触れると、コンクリートの冷たさが染み込んでくる。早苗の青白く粉っぽい手の甲が、コンクリートに溶け込んで見える。しかしそれらをもう、無機質だとは感じなかった。内臓の振動か、外を通る車の振動か、僅かにビルの表面が震えた。その一匹のビルをいとおしく思いながら、早苗はゆっくりと振動を味わうように、白い手でコンクリートを撫で続けていた。

「早苗、どうしたの？」

声をかけられて、早苗は我に返って恵美子を見た。

「なんかトリップしてる」

笑う恵美子に微笑み返しながら、トリップ、確かにそうかもしれないと早苗は思った。

昨日までと同じ場所で見慣れた同期の皆と昼食をとっているのに、早苗はまったく違う場所に自分がいるのを感じていた。

昨日まで人間だった人達が、もう一つの顔をもって目の前に座っていた。薄い膜に包まれた血液と肉の塊が蠢き、音を出し、熱を発し、鼓動している。

早苗はゆっくりと部屋を見回した。ビルの内壁の中で、一つの肉になっている。早苗は自分の無機物めいた腕を見下ろし、自分だけはビルの内臓にまぎれた、間違えて飲み込まれたプラスチックの欠片《かけら》か、人工の器官かのようで、すこし材質が違う感じはやはりあったが、それでも、昨日まで感じていたような疎外感をおぼえることはなかった。私は小さなビルなのだ、だから目の前にある内臓は、私の内臓でもあるのだ、早苗は心の中でそう呟いた。外壁か内部かというだけで、自分達は一体で、一つの大きな生物だったのだ。

「なんかさあ、早苗、いいことあったんじゃない？」

同期の女の子が早苗の青白い顔を覗き込んだ。

「彼氏でもできた？」

「あ、あたしもそう思った。なんか、いつにも増して、目から優しさが溢れ出てるってかんじ」

「なにそれ」

　恵美子が笑ったが、「でも、言ってることはちょっとわかる」と続けて、早苗の瞳を見つめた。

「特に何もないのよ。恵美子からもらったＤＶＤの効果かしら」

「ああ、あれ？　良かった？」

「とても素晴らしかったわ」

「え、なになに、映画？」

　身を乗り出した女の子に、恵美子がエクササイズの説明を始めた。

　早苗は恍惚《こうこつ》としながら、寄り添う二つの肉の塊を見つめていた。薄い膜ごしに透けて見える淡い紅色の肉が、溶け合いそうなほど寄り添って蠢いている。生命の証《あかし》であるかのように、呼吸をするたびに僅かに伸縮する。しかしそれは彼女達が生きている証なだけではなく、彼女達を包む大きなビルの鼓動でもあるのだ。

　早苗は自分の乾いた表面を撫でた。中には肉の感触があった。その内でも、血の色をした器官が目の前にいる内臓たちと同じように鼓動していると思うと、今まで寄生物にしか思えなかった自分の内部が、とてもいとおしいものに感じられた。

「あ、早苗がまた笑ってる。ＤＶＤなんかじゃないね、絶対、彼氏ができたんだ」

「ちょっと早苗、もしそうなら、ちゃんとあたしに報告しなさいよね」

膜に包まれた肉たちが、こちらへ乗り出してきた。早苗はつい、声をあげて笑ってしまった。つられたように、内臓たちも肉を震わせながら、音をあげはじめた。その音がビルの内部に反響し、響き渡っていた。


帰り道、ゆっくりとビルから吐き出されながら前を見ると、黒いシャツの男が立っていた。早苗は親しげに笑いながら近づき、男に声をかけた。

「こんにちは」

男は驚いて肩を震わせてこちらを見た。

「どうかしましたか」

不思議そうな早苗の視線から逃《のが》れるように動き回る目玉に、額から流れた汗の玉が近づいていた。早苗はハンカチを取り出して男の汗を吸いとろうとした。

慌てて顔を逸らした男に、早苗は「汗が目に入ってしまいますよ」と柔らかい声で言った。

男は口を開きかけたが、ビルの方から人の声が近づいて来るのに気付くと、弾かれたように走り去って行った。ハンカチを握り締めたまま立ち尽くした早苗は鞄《かばん》の中で携帯が震えているのに気付いた。取り出して画面を開くと、由佳からのメールだった。

「おつかれさまです。昨日は本当にありがとうございました。もし明日の夜、用事がなかったら、どこかでゆっくり話を聞いてもらえませんか？」

早苗はすぐに了解の返信をすると、男の去った方を一瞥《いちべつ》し、駅へ向かって歩き始めた。


翌日の昼休み、早苗は昼食も食べずにトイレの個室にこもり、蓋《ふた》を下げた便器に腰掛けていた。

手鏡を覗き込むと、相変わらず灰色がかった顔がそこにあった。目頭、鼻の穴、口、いろんな場所に穴が開いていて、目頭や口をよく覗き込むと、その中に血の色をした肉があるのが見えた。今まで自分のものだとは思えなかったそれらが、今では、自分の中へ入り込んだ可愛らしい生き物だと感じた。

ヤドカリの殻も、自分に入り込む生命体をこんなふうにいとおしく思うのだろうか。個室を出て席へと戻りかけ、ふと、廊下で足を止めて窓から下のビルの入り口を見下ろした。そこからは少しずつ、内臓が溢れ出している。自分とビルが繋《つな》がっていて、自分の足元からそれらが出て行っているように感じた。自分の中を蠢いている内臓たちもこうして流れ出し、他のビルへと吸い込まれていくのだろう。夜になれば中の肉たちは全て出払い、ただのコンクリートの直方体になりじっと立ち尽くし、また明日、内臓がやってくるのを待つのだろう。

　飽きることなく外の内臓を見つめていると、突然、背中を叩《たた》かれた。

「早苗、こんなところにいた！　探したんだよ、携帯も鳴らしたのに」

　振り向くと、恵美子が心配そうにこちらを見ていた。

「お昼、先に食べちゃったよ。何やってたの？」

「ごめんなさいね。ちょっと、ぼんやりしていて」

「早苗、大丈夫？　一昨日《おととい》も、風邪だって言ってたし、具合悪いなら早退させてもらいなよ」

「平気よ、いつもより元気なくらいだもの」

　早苗を見つめた恵美子が、首を軽くかしげた。

「昨日も思ったけど、早苗、本当に、雰囲気がますます柔らかいよねえ。本当に彼氏でもできた？」

「そうしたものは、できていないわ」

「そう？　ま、いいけど。皆言ってたよ、早苗がお昼にいないのは彼氏と電話でもしてるんじゃないかって。早苗ってさ、いい子すぎてちょっと距離を感じるときもあったけど、なんか、昨日からそういう壁もなくなった感じ」

「そうかしら」

「うんうん、ま、何かいいことあったなら、今度じっくり報告しなさいよね。あ、いけない、のんびり話してる場合じゃないや。早苗、お昼まだなんじゃない？　急がないと、昼休み終わっちゃうよ」

「大丈夫よ。あまりお腹がすいてないの」

「ならいいけど。体調が悪いんだったら無理しちゃ駄目だからね」

恵美子は念を押すと、「じゃ、あたし歯磨きしてくるから」と軽く手を振って急ぎ足で化粧室へと向かった。早苗はそれを見送ると、窓ガラスに映った自分の目を見つめた。

皆、内臓を慈《いつく》しむこの目を、心地良さそうに浴びる。それが、自分達が一体の生物であることの証明のようで、嬉しさが湧きあがってきた。早苗は廊下の壁を軽く撫でた。それはいつもよりどこか温かく、中を行き来する内臓たちを慈しんでいるように感じられた。

定時で仕事を終えて更衣室に入ると、由佳はもう着替えて早苗を待っていた。

「ごめんなさい、待たせちゃったかしら？」

「大丈夫です」

早苗は制服を脱ぎながら、由佳に笑いかけた。

「どこにする？　相談事によっては、あまり会社の近くじゃないほうがいいかしら」

「あの、別に聞かれて悪い話ではないんですけど……落ち着いて話せたほうがいいんで、よかったら家に来ませんか？」

「由佳ちゃんの？」

「はい、あ、会社には実家ってことになってますけど、けっこう近くで一人暮らししてるんです」

「そうなの。じゃあ、そうしましょう」

会社を出ると、由佳は周囲を見回した。男がいないことを確認すると小さく溜息をつき、「早苗さんが一緒なら安心です」と呟いた。

早苗は頷き、二人連れ立って、少し離れたところにあるJRの駅へと向かった。


早苗はすっかり変化を遂げた世界のなかを、ゆっくりと進んでいた。

目の前では、堅くて白い大きな波が、遠くまで続いていた。その硬質の波は底辺で繋がっていて、時間が止まっているかのように、静止したまま動くことはない。四角い隆起は一つ一つが繭《まゆ》になっていて、中では内臓が蠢いているのが見えた。それだけが、この世界が生きているということの証だった。この前まで街だと思っていたものは、一匹の大きな生物でもあったのだ。

元の世界に戻れなくなっても、なんの問題もないどころか、全てがいっそううまくいっているようであった。

異世界であるのにどこか懐かしい景色の中で恍惚としていると、隣から小さな呟きが聞こえた。

「なんだか、早苗さん、今日はいつにもまして、優しい感じです」

「そう……そうなの。すごく、穏やかな気持ちなのよ」

「やっぱり、早苗さんに相談することにして良かった。一緒にいるだけで、すごく気持ちが休まるんです」

その言葉に早苗は視線を由佳へとずらした。人間としての由佳は、もうそこにはいなかった。彼女は波の上を移動する小さな胃袋だった。そしてそれもまた彼女の正しい姿だったのだ。


生物の表面を移動していた胃袋は、やがて一つの小さな繭の前で静止した。

「ここが、あたしのアパートです。ボロですけど」

「素敵なところね」

胃袋はそこが自分の居場所であることを知っているかのように、白い繭の中へと吸い込まれていった。その光景に見とれていると、「早苗さん、どうぞ」と繭の中から声がした。

胃袋は中で静止すると、かすれた声で話し始めた。

「この前の元彼の話なんですけど、しつこいとかじゃなくて、もう、異常なんです。自分でも自分のことおかしいって言ってて、それでもやめてくれないんです。メールも待ち伏せも、もううんざりで……」

震える胃袋を慈しみながら見つめていると、少しずつ胃袋から胃液が染み出して、表面を粒が流れ始めた。

「早苗さんのそばにいると、ほんとに安心します……もうずっと、あたし怖くて怖くて、悩んでたんで……」

「いつも、見守っているわよ。だって」

だって、貴方《あなた》は私の胃袋でもあるのだもの、そう言いかけて、早苗は口をつぐんだ。外で何かが振動したのを感じたのだ。

「早苗さん……あたし、なんだか包み込まれてる感じがします」

「そう？　もっと甘えてくれてもいいのよ」

「ほんとに、ありがとうございます……。あ、いけない、お茶も出さずに自分の話ばっかり、すいません。紅茶とコーヒー、どっちがいいですか？」

「どちらでも好きよ」

「じゃあ、紅茶にしますね。待っててください」

狭い繭の中を動き始めた胃袋を見つめながら、早苗は青白い自分の表面を撫でた。昨日までここにあった心臓はいつのまにか流れ出たのか、そこには何も入っていないようだった。

そのとき、再び、外で熱っぽいものが振動しているのを感じた。

自分の心臓がやってきたのだと早苗にはわかった。

「おかえりなさい」

繭の外へ顔を出しながら、早苗はそう呟いていた。排出されていた心臓が帰ってきたのだ。もうずっと、この日を待っていたような気がした。

外では空気を吸い込む音をたて、心臓が静かに鼓動していた。それは早苗を見た瞬間震え始め、早苗は自分の心臓の活《い》きの良さに思わず嬉しくなり、触れてこちらへ引きずり込もうとした。

「……さ、触るな……」

心臓は悲鳴をあげ、弾かれたように早苗から離れた。

「どうしたの?」

背後で胃袋が大声をあげるのが聞こえた。

「早苗さん、大丈夫ですか。誠《まこと》、何度言ったらわかるの。もう来ないで!」

「由佳、こ、この人変なんだ！　頭がおかしいんだ！」

「おかしいのはあんたでしょう！」

「ぼ、僕がずっと立ってるのに怪しんだりしないで笑って近づいて来るんだ。どうかしてるんだよ！」

早苗にはなぜ心臓がそんなことを言うのか、よくわからなかった。早苗は確かに異世界で暮らしているかもしれないが、この世界と彼らが内臓ではなく人間である世界は、表裏一体で、少しも違和感がなく共存できるのだ。まるでパズルがぴったりとあわさるように、二つの世界の住人は共に暮らすことができるのだ。

「何バカなこと言ってるのよ！　毎日毎日、何百通もメールして、待ち伏せして、もう耐えられない。警察に言うわよ。早く出て行って！」

「由佳……」

心臓はその場で激しく震え始めた。中から透明な液体が滲み出て流れ落ちていく。

「これを見てくれ。こんなにお前が好きなんだ」

胃袋が悲鳴をあげ、見ると、心臓から血液が流れ出していた。やはり目の前にあるのは心臓なのだと、早苗は嬉しくなった。

「やめて、こっちへ来ないで！」

「何でそんなことを言うんだ……僕は、自分で自分がコントロールできないんだ、それだけなんだ」

　早苗は自分の心臓へ一歩近づいた。

「大丈夫よ。こちらに来なさい、とても穏やかな気持ちになれるわ」

「早苗さん、こんな人間にまで優しくすることなんてないんですよ。あたし、本当に警察を呼びます！」

　胃袋がそう低い声で言い、心臓からはさらに激しく血液が流れ出た。

「こちらの世界へ来なさい、ね？　そしたら誰も、貴方を異物なんて思わないわ」

「……何を言って……」

「どんな異世界で暮らしていても、パズルさえぴったりとあわされば、いつまでも一緒に暮らしていくことができるのよ」

　早苗は灰色の腕で心臓を包み込んでいた。

「早苗さん、こんな人にまで……」

　胃袋が感動したように呟くのが聞こえた。

　早苗は自分の内側で暴れる心臓の鼓動に夢中になっていた。どこか遠くに感じていた今までの臓器たちと違い、この心臓は自分と一体だった。この世界へ来たことで、やっと臓器と一つになることができたのだ。早苗が力をこめて全身で握り潰すように鼓動を味わうと、それに呼応するように心臓は激しく暴れた。

早苗と心臓が一体であることを証明するかのように、活きのいいその動きに早苗の肉体が反応し始めた。皮膚から汗が湧き出し、体温が上昇していくのがわかる。早苗は声をあげて笑い出しそうになった。やはり私達は一匹の生物なのだ。この心臓に合わせて肉体が生きて蠢き始めるのだ。早苗から滲み出した汗は今までの水とは違う、ぬるついた体液だった。自分の肉体がみるみる活性化していくのがわかる。内臓の臭気が口から噴出し、全身からねばついた汗が流れ出す。

称賛するように心臓をさらに力をこめて包み込むと、早苗の声に応じて心臓はいっそう強い鼓動で早苗の肉体を震えさせた。

街を食べる

ランチをとるために外へ向かった私に反応してオフィスビルの自動ドアが開いた瞬間、生ぬるい空気が押し寄せてきた。まだ春先なのに夏のような蒸した熱気に包まれ、ふと、脳裏に子供のころの夏休みの情景が浮かんだ。夏の匂いを嗅《か》いだときはいつもそうだ。私だけでなく、誰もがそうしたものを嗅げば嗅覚《きゅうかく》は夏休みの思い出へと繋《つな》がっていき、あの懐《なつ》かしい光景を鮮やかに思い浮かべるに違いないのだ。

小学校を卒業するまで、私の家ではお盆が近づくと家族三人で車に乗って父の田舎へ行き、一週間ほど泊まって過ごすのが慣例になっていた。そこは長野の山奥にある、典型的な田舎の家だった。細い山道を車で登ってやっと辿《たど》り着《つ》く家は、玄関が子供部屋と同じくらいあり、埼玉の自宅とは全く趣が違う古い一軒家が珍しかった私は、いつも到着するとすぐに走り回って家の中を探索した。襖《ふすま》で部屋と部屋が繋がった広い家の中で迷い、突然大人たちが寛《くつろ》ぐ居間に飛び出してしまって叱《しか》られても、解放されるとすぐまた駆け出して襖を開けて廻《まわ》った。家の中の探検が終わると次は外でさんざん遊び、夕飯のころにはお腹がすいて、母や祖母が調理をしている台所を何度も覗《のぞ》きに行った。私は食が細かったが、田舎ではいつもの倍ほども食べて両親を喜ばせた。

祖母が外の畑から採《と》ってきてくれる野菜は自宅で食べるものよりずっと甘かった。私はそれを不思議に思いながら、普段なら食べないような野菜にも大きく口をあけて嚙《か》み付《つ》いた。

そんな誰にでもあるような夏休みの思い出に引き戻されながら会社の側《そば》のカフェに入り、昼食が運ばれてくると、すぐに私は大きなサンドイッチを開いてトマトの輪切りをつまみあげ、皿に放り投げた。アボカドとマグロの載った丼《どんぶり》を食べていた同僚の雪《ゆき》ちゃんがそれを見て、ウェーブがかった茶色い髪を耳にかけながら笑った。

「理奈《りな》ちゃん、またやってる。最初から抜きにしてもらえばいいのに」

「ちゃんと注文のとき言ったのに入ってたんだよ」

このお店は和洋入り混じった丼やサンドイッチの豊富なメニューが人気で、この辺りに勤める女性たちでいつも混み合っている。焼きたての焦げ目のついた、分厚いハンバーグのサンドイッチは確かに美味しいとは思うが、パンにべっとりと貼《は》りついた野菜の生臭さにはどうしても顔をしかめてしまう。

いつもは会社で雪ちゃんは手作りのお弁当、私はコンビニのサンドイッチやおにぎりを食べているのだが、今日は給料日後なので、少し贅沢《ぜいたく》をしようと決めてあったのだ。好き嫌いが多い私は、外食があまり得意ではない。目上の先輩も一緒のときは二十六歳にもなって好き嫌いとも言えずに我慢して飲み込むことも多いが、同い年の雪ちゃんは何度か会社の外で遊んだこともある仲のいい子のため、気兼ねなく今度はレタスを皿の上に放った。

「野菜とらないと、やっぱり身体に悪いよ」

「うーん、わかってるんだけどね。子供のころは、もっと食べられたのにな」

「普通、大人になると直ってくって言うけどねえ」

埼玉の実家を出て、都内で一人暮らしを始めてからの方が好き嫌いが激しくなったのは、野菜が苦手なのではなく東京の野菜が駄目だからかもしれない。実家でも野菜を残すことはあったが、田舎から送られてくるトマトや茄子《なす》、近くにある無人の販売所で売っている胡瓜《きゅうり》などはいつも美味しく食べられていたからだ。あんたは舌が肥えてるわねえとよく母に笑われたが、私にとっては全く別の食べものだった。近所にあるスーパーでは惣菜《そうざい》やお弁当ばかりが並んで野菜の売り場は小さく、一人用に細かく分けられた貧弱な葉がしなびているだけだ。そんなことを考えながらサンドイッチに嚙み付くと、パンの裏側にトマトの生臭い液が染み込んでいた。私は顔をしかめて冷えた水でパンの欠片《かけら》を流し込みながら言った。

「新鮮な野菜なら食べられそうな気がするんだけどな」

「だったら、ベランダで小さい家庭菜園でもやったら？」

雪ちゃんの言葉に首を横に振って答えた。

「私、サボテン三個も枯らしてるし、無理だよ。そもそもそんなスペースないし」

「あ、うちの近所に畑から直送した無農薬野菜の配達やってるところあるよ、そういうのなら平気じゃない？　でも高いんだよね」

「そうなんだよね。美味しそうなのは高いし、安い野菜は不味《まず》いし。こういう野菜食べると、変に生臭くて。そう思わない？」

「私は、あんまり気にならないけどな」

　食事を終えた私はサプリメントを数種類取り出して飲み込んだが、本当はちゃんとした食事をしたほうがいいことはわかっていた。パンくずが散らばった皿の上では潰《つぶ》れたトマトが重なり合って、どろりとした緑色の内臓を垂れ流していた。


　夕暮れ、仕事を終えて会社を出ると、昼間よりだいぶ空気が冷たくなっていた。鞄《かばん》からストールを取り出して肩にかけながら時計を見ると、五時半をまわっていた。田舎の夏なら、そろそろ台所が賑《にぎ》やかになっているころだな、などと、わけもなく思いを馳《は》せた。

　今では祖母が死んで誰も住まなくなった家を取り壊す話まで出ているが、あのころの田舎の家は、お盆のころは特に賑やかで食事の用意も一苦労だった。祖母や母を含む親戚の女性たちが大量の夕飯の支度をしている間、子供たちは遊び疲れて昼寝していることが多かった。眠ってしまった年下の小さな従妹《いとこ》たちの側で退屈してテレビを眺めていると、よく父が声をかけてきて散歩へ連れ出してくれた。水を細く出して西瓜《すいか》を冷やしている水道や、もう使われてない古い井戸の横を通って庭を出て、すぐそばにある山道へ入っていく。「知ってるか、理奈、これは食べられるんだよ」と言っては、父は山から少しだけ食べものをもぎ取った。それは野苺《のいちご》だったり、小さな葉っぱだったりした。山道の両脇では淡い緑と濃い緑が絡《から》み合《あ》い、奥には真っ黒い茂みがあった。私は四方から不意に飛び出してくる大きな虫に怯《おび》えて身を縮めていたが、父は慣れた手つきで緑の中に手を差し込んだ。父から渡された山の欠片に噛み付くと、生ぬるい汁がにじみ出た。

ある日、父が庭先に転がる木の枝を、「お、これはいい形だ」と拾い上げた。それは英字のYの形の、太くてしっかりとした枝だった。父は懐かしそうに撫《な》でた。「ここにゴムをやって、小石を飛ばすんだ。よくやったなあ」

私は急いで後ろでくくっていた髪の毛を解《ほど》いてゴムを差し出した。「ねえ、やってみて、ねえねえ」「このゴムじゃ飛ばないよ」と笑った父は「よし、やってみるか」と家の中に戻り、太い大きな輪ゴムと小さな厚手の布地の切れ端を調達してきた。

「その布は何?」

「ん?　ああ、ここに石を載せるんだ」

そう答えた父は、縁側に座って工具箱から錐《きり》を出し、布地に穴をあけてゴムを通した。しばらく布の部分を持ってゴムを伸ばしたり、縮めたりしていたかと思うと、「行くぞ、理奈」と立ち上がった。父は妙に張りきって早足で進んで行ってしまい、私は慌てて小走りに後を追った。

父は山の中へ入っていくと、「あんまり足音たてるなよ」と言い、上のほうを見ながら何かを探しているようだった。やがて、父が立ち止まって、私の耳元へ囁《ささや》いた。

「いたいた、いいか、静かにしてここで待ってるんだぞ、理奈」

父は足元の小石をいくつか拾い上げると、息をひそめている私をおいて身をかがめながら草むらを進んだ。大きな木の側へ近寄ると、小さな布に包まれた小石を弓を引くようにゴムで引っ張った。父の腕いっぱいに伸びたゴムが今にも切れそうで、怖くなり声をかけようとしたとき、父が突然手を離し、枝に向かって勢いよく小石を飛ばした。枝にいた鳥が一斉に飛んでいくのに目を奪われていると、「おお、俺の腕も鈍ってないな」と言いながら父がゆっくりと木の根元に歩み寄り、草の中から何かを拾い上げた。父は両手でそれを包むように抱えていたので、私からはよく見えなかった。父は拾ったものを片手で持つと、逆側の手で私の手をとって歩き始めた。私は父の手の中を覗き込もうとしたが、父の身体が邪魔してなかなか見ることができなかった。

「これ、理奈に焼いてやってくれや」

「雀《すずめ》かい、えれえもんとってきておめえ、こんなもんどこでとってきたんかい」

晩御飯のために大量の野菜を切ってざるにいれている祖母の皺《しわ》だらけの顔がますますくしゃりとなり、曲がった腰を押さえながら立ち上がった。「ほら、お前も手伝え」そう言われて、伯母や年上の従姉《いとこ》の間に座って皮剝《かわむ》きでジャガイモの皮を剝き始めたものの、何度も祖母のほうを見てしまいなかなか作業は進まなかった。しばらくすると祖母が新聞紙に黒いものを載せて差し出してきた。

「ほれ、熱いで気いつけて食べない」

「お、ほら理奈、食べてみるか?」

父の言葉に頷《うなず》いて、おそるおそる手を伸ばしてそれをとった。それは雀というより小さなミイラに見えた。黒く焦げた肉に嚙み付くと香ばしさが広がり、お腹がすいていた私は急いで口を大きく開けてもう一口食べようとすると、すぐに骨に当たってしまった。見ていた祖母が笑い声をあげた。

「骨ばっかで、食うとこねえずら」

「まあなあ。でもうまいだろ、理奈」

「うん!」

私は元気よく頷いた。山では、小鳥も果物みたいに木に実っているんだと思った。パックになって売られている肉に比べると、山からもぎ取った肉はいびつで小さかったが、とれたての雀の肉にはまだ生きていたころの気配があるようで、小さい身体にさまざまな味が詰まっていた。特に頭の部分が柔らかくて美味しいと言うと、「それは脳味噌《のうみそ》だよ、理奈は将来、酒飲みになるなあ」と笑われた。

あのときの父みたいに、食べものを少しずつ山の中からもぎ取りながら、夕暮れを散歩できたらなあ、と思う。日本橋のオフィス街には街路樹が少ないので、なおさら記憶の中の光景が恋しく思える。一応、花壇はあるが、中には丁寧に手入れされた花が整列し、その前には花の名前を書いた札が立ち、生《は》えているというより展示に近かった。なんとなく今日は地下鉄へ降りる階段を変えてみようと、少しだけ通りを進んでいると、花壇と花壇の間に、一つだけ置き忘れたような、薄汚れた大きな植木鉢が置いてあった。業者がそのうち撤去するのだろうと思いながら近づくと、一本の低い枯木の周りに雑草がびっしりと生え、鉢から溢《あふ》れかえっていた。その中に少し早咲きの蒲公英《たんぽぽ》を見つけて、私はふと手を伸ばした。久しぶりに見る黄色い花を思わずもぎ取ると、千切れた茎が空洞なのを見て、そういえばそうなっていたのだったと思うと同時に、蒲公英と親しんで遊んでいたころの記憶が蘇《よみがえ》った。小さいころは茎と竹串を使って水車を作ったこともあったが、今では詳しい作り方までは思い出せず、花を眺めまわしながら歩き出そうとすると、向こうから歩いてきた上品な老婦人が目を細めてこちらに微笑みかけながら通り過ぎていった。

蒲公英の花を摘むなんて、ずいぶん少女趣味な女に見えたかもしれないと急に恥ずかしくなり、すぐ鞄に放り込み、早足で地下鉄へ向かった。

家に帰って鞄を開くと、黄色い花が鞄の中で小さく縮みかけていた。すっかり忘れてしまっていた私はポーチに押し潰されていた黄色い花を急いで取り出した。ジャムの空き瓶に水を入れて潰れた蒲公英をさすと、空洞の茎が水を吸い上げたのか、蒲公英は少し元気を取り戻したように見えた。

翌日、雪ちゃんと私はいつものように、空いている会議室で昼食をとっていた。何気なく昨日のことを話し、話が蒲公英や田舎の家の思い出に及ぶと、思いがけず雪ちゃんが身を乗り出した。

「いいなあ、そういうの。私って、ずっと東京だし、お祖父ちゃんもお祖母ちゃんもこっちの人だから田舎もないし、花を摘んで遊んだりしたことがほとんどないんだ。お花の冠《かんむり》も蒲公英の水車も、作ったことなんてないんだよ。そういう話、憧れるなあ」

「そうかなあ」

「うん、すごく健全っていうか、人間らしいって感じがする。私なんて週一でジム通ってるけど、ぜんぜん、健康的にならないし。散歩して摘んだ花を部屋に飾るなんて、どんなアロマより贅沢な感じ」

「本当の田舎では、花を摘んだりなんてしなかったよ。お父さんは小さいころ、山で野苺とか採って食べたりしてたみたいだけど」

「うわあ、そういうのもっと憧れる」

「憧れるかなあ？　なんか、大らかっていうか、都会の感覚だと酷《むご》く思えるようなことも平気でしてて、可笑《おか》しいよ。たとえばさ、お父さん、小さいころ、家で鶏《にわとり》飼ってて、すごく可愛がってたんだって。でも卵を産まなくなったから、お祖父ちゃんが殺して夕飯にしちゃったんだって。お父さんも特に可哀相とも思わず、美味しいねって一緒に食べたって言ってたよ」

　雪ちゃんは笑いながら、「いいじゃん、そういうほうが自然だよ。命を戴《いただ》くって感覚が身に付くじゃん」と言った。話をしているうちにだんだんその気になってきた私は、コンビニのパンを口に運びながら呟《つぶや》いた。

「都内でも、大きい公園とかに蓬《よもぎ》が生えてたりするって聞いたことあるな。ためしに摘んでみようかな。手作りの蓬餅《よもぎもち》って、売ってるのと全然違うんだよね」

　冗談交じりにそう言って笑うと、雪ちゃんが真剣な顔で頷いた。

「やってみなよ。運動して野菜もとれて、二重に身体に良さそうじゃない？」

　私は自分の昼食に目をやった。大きな菓子パンと惣菜パンが一つずつだ。今週に入って、まだ一切れも野菜を食べていない。カロリーの高さも自覚している。コンビニやスーパーのしなびた野菜は食べる気がしないが、自分で摘んだ蓬なら美味しく食べられそうに思えた。

「そうしてみようかな。少しは野菜嫌いが克服できるかもしれないし」

「もし、蓬餅を作ったら、私にも食べさせてね」

そう言って笑った雪ちゃんに、勿論《もちろん》、と頷きながら、私はすっかり自作の蓬餅を食べたくなっていて、乾いたパンを口に押し込みながら懐かしい味わいを思い出していた。


「理奈ちゃん、お疲れさま。あ、何か今日、軽装してる」

翌日、仕事を終えて更衣室で着替えていると、少し遅れて入ってきた雪ちゃんが私の服装を珍しそうに見ながら言った。

「あ、雪ちゃん、お疲れ」

「ひょっとして、今から蓬を探すの?」

「うん、ウォーキングがてらね」

「ほんと、もし本当に採れたら食べさせてね」

雪ちゃんに手を振って先に更衣室を出ると、私は背筋を伸ばして歩き始めた。鞄の中にはコンビニの袋を用意していた。埼玉の実家にいたころは、春先になると近所の空き地にぜんまいやわらびを摘みに行くことがたまにあった。さすがにぜんまいは無理だろうが、蓬があれば嬉《うれ》しい。そうでなくても、蒲公英くらいなら簡単に見つけられるだろう。食べられるという知識はあっても実際に食べた経験はないし、美味しそうでもないので、今夜のおかずにしようとまでは思わないが、少しだけ味見してみるのも悪くない。本気というよりは、ウォーキングを兼ねた遊びのつもりだった。

まずは昨日の蒲公英があった場所へ行ったが、私がもぎ取ったもの以外に蒲公英はないようだった。残っていた葉だけをむしり、他に何かめぼしい草はないかと雑草のぎっしり生えた花壇を覗き込んだが、名前のわからない草ばかりなのでやめておくことにした。

蒲公英の葉をビニール袋に入れていると、同い年くらいのOLが不可解そうにこちらを見ていた。とっさに花壇から離れながら、そういえば会社の人に見つかったら少し説明に困ることに気がついた。そのとき、横を排気ガスを撒《ま》き散《ち》らしながらトラックが一台通り過ぎていった。歩道まで広がってくる灰色の煙を見て、鞄を急いで開くと蒲公英を袋から取り出し、そばにあったコンビニのゴミ箱に放り込んだ。道路沿いの草なんて食べられたものではないと気付いたのだ。何も考えず蒲公英なら何でもいいと思っていた自分を馬鹿だなあと思いながら、清潔な蒲公英を探して再び歩き始めた。

いくつか公園を廻ってみたが、大きい公園にはホームレスの住処《すみか》らしきものがあって、ここで人が寝たり排泄《はいせつ》したりしている可能性を思うと、食べるどころか土に触る気にもなれなかった。小さい児童公園はサラリーマンの休憩所になっていて、煙草の吸殻や飲み終えた缶コーヒーの缶などが落ちていた。ゴミに触れたものを食べるわけにはいかず歩き回ってやっとゴミの少ない公園を見つければ、そこは犬の散歩が多いのか「糞《ふん》は持ち帰りましょう」という看板が出ていた。やっぱり都内で食べられる野草を探すのは無謀だったなと思いつつ、少し意地になってきていた私は、一つくらいは、清潔な蒲公英を見つけてやろうと再び歩き出した。管理がしっかりしていてホームレスの住処や犬の散歩コースなどにあまりなってないような公園に行けばいい。児童公園をめぐっているうちに東京駅のほうまで来ていた私は、噴水公園へ行ってみることにした。

街頭の地図には緑色で描かれていたため気付かなかったが、公園の中はコンクリートで整備され、大きな噴水が並んでいるだけで緑はほとんどなかった。少し失望しながら見回すと、コンクリートの周りを小さな土手が囲っていて、そこは土が剝き出しになっているようだった。かなり手入れされているようで数は少ないが、植木の周りに少しだけ雑草が生えている。私は蒲公英がないかどうか、腰をかがめて探しながら歩き始めた。噴水に見向きもせずに土手を見て回っている自分が異様なのではないかと、ふと顔をあげてあたりを見回したが、観光客らしい外国人が写真をとっているだけだった。観光客なら多少変に思っても注意まではしてこないだろうと思った私は、さっきより顔を近づけて雑草を物色し始めた。

頭の中にある実家の近くの空き地でよくやった蓬摘みの光景や、近くの県立公園で栗《くり》を拾ったときの様子と、今の自分はかけ離れていた。私はゴミを漁《あさ》る鴉《からす》のようだった。豊かな気持ちになるどころか惨めで、人目を気にして周囲を見回しながら、さっさと用事を終わらせて帰ろうと、額に滲《にじ》んだ汗を拭《ぬぐ》った。

公園の周りを半周したところで、やっと一箇所、蒲公英の集団を見つけた。私はもう一度周囲を見回すと、爪《つめ》に土が入らないように、鞄の奥からもう一枚、昼間のパンの残りが入っていた小さな袋を取り出し、その中に手を突っ込んで花と葉を鷲摑《わしづか》みにした。袋に包まれた手で辺りにある蒲公英を手当たり次第千切り、葉と花をコンビニのビニール袋に入れると、万引きでもするように急いで鞄に押し込んで地下鉄の駅へと歩き始めた。周囲を見ると、辺りは真っ暗になっており、公園には誰もいなくなっていた。春が来たと思って薄着でいたのに、夜の空気は思いのほか冷え込んで、肩がかなり冷たくなっていた。

急いでストールを羽織り、地下鉄に乗ったが、手と肩はなかなか温かさを取り戻さなかった。部屋へ入るとすぐ暖房をつけ、ちゃぶ台の上にビニール袋を置いた。

お茶を淹《い》れ、啜《すす》って体を温めながらちゃぶ台の上のビニールを眺めた。袋の裏側に貼りついて透けて見える緑は貧相で、到底食べもののようには見えない。そのまま捨てようかとも思ったが、ここまで来たからには一応やってみようと、袋から取り出してみた。

花は食べられそうもないので三角コーナーに捨て、葉を水で洗いながら見下ろすと、すっかり萎《しぼ》んでいて、これではコンビニのサラダの方がよほど新鮮そうだった。念入りに洗ったあとまな板に載せようとしたが、少し考えて、ビニール袋をまな板の上に敷いてから葉を横たえた。

蒲公英といえば天麩羅《てんぷら》のイメージがあったが、部屋についているのは火力が弱い電気コンロなので揚げ物は無理だったし、そんな手間をかけようという気にもなれなかった。苦味がありそうなので、食べやすそうな味噌汁にしてみることにした。十分に火を通さないと不安だったので、とにかく葉を茹《ゆ》でてから味付けしようと、包丁の刃を蒲公英に当てた。

切ると、じわりと濃い緑の汁が滲む。そこから漂ってくる匂いは料理をしているときのものではなく、子供のころ校庭で草むしりをさせられていたとき漂っていた青臭さだった。料理ではなく泥遊びをしている感覚に襲われ、本当にこれが食べられるんだろうかと疑問に思った。

一応、沸騰した鍋に草を入れてみる。なんだか魔女が薬を作っているみたいだ。色がどんどんお湯に出て、染物でもできそうな鍋になった。なんとなく怖いので緑の汁が滲み出たお湯を何度も捨てて新しい水を入れながら念入りに火を通し、くたくたになった草を見てようやく味噌を入れることにした。だがいざスプーンで味噌を掬《すく》おうとすると、貴重な味噌をゴミの汁の中に入れてしまう感じがして、どうも躊躇《ちゅうちょ》してしまう。味が薄くて食べられないほうが勿体《もったい》ないと言い聞かせ、味噌を大きく掬って鍋の中に溶かし入れた。

なんとかできあがりをお椀に入れると、ほうれん草か何かの味噌汁に見えなくもない。だが、ゴミが浮かんだ下水道の水にも見えた。

保温のままになっていた炊飯器からご飯をよそって、ちゃぶ台に並べた。なんだか子供のままごとみたいで食欲がわいてこない。白いご飯だけを箸《はし》でつまんで口に運んでいたが、勇気をだして、味噌汁に口をつけてみた。

緑色の塊を口に入れた瞬間、さっきまでいた灰色の噴水公園の風景が浮かんだ。自分が食べているのがあの公園の一部だと思うと、口から出してしまいそうになった。

茹ですぎた緑には何の味もなく、ただ、湿ったティッシュペーパーに似た感触だけが舌に絡みついた。公園の上を歩き回る人間の姿が浮かんで吐き気がこみ上げ、急いでティッシュペーパーに出した。白い紙の中でしおれている蒲公英の葉を見てやっぱりこれはゴミだと感じた。鍋の中身を流しに捨て、冷蔵庫から納豆をとりだして食べたがあまり進まず、半分ほど残すことにした。歯を丹念に磨き、繰り返しうがいをしたのに、舌の表面にはいつまでも味のない葉の感触が漂い続けていた。

翌日の金曜日、私は具合が悪くなり、休憩室で休ませてもらう羽目になった。雪ちゃんが総務から持ってきてくれた体温計で計ると8度5分あり、平熱が低い私は数字を見ただけで眩暈《めまい》がした。

「まさか、蓬に当たった？　お腹、痛む？」

「ううん、それは平気。……そもそも、食べたりなんてしてないし。結局、何にも見つからなかったの。寒い中歩き回って、風邪ひいたみたい」

昨日のみじめな姿を知られたくなくて、とっさにそう誤魔化すと、雪ちゃんが申し訳なさそうな顔をした。

「そっか、なんか責任感じちゃうな。変なこと言わなければよかったね。チーフにはもう言った？」

「うん、無理しないで帰っていいって」

「じゃあ、後のことは任せていいよ。気をつけてね、ゆっくり休んで」

気遣う雪ちゃんにお礼を言い、部長にも早退の件を伝えて頭を下げると、力のない足取りで会社を出た。電車の中で気分の悪さに堪えながら俯《うつむ》いていると、トレンチコートの裾《すそ》を、蟻《あり》が摑んでいるのが見えた。ぼんやり歩いていたので、花壇にでも裾を掠《かす》ったのかもしれない。指先で蟻を払いのけると、目を閉じて眠ろうと努力した。

なんとか家にたどりつくと薬を飲んですぐに布団へ潜《もぐ》ったが、寒気は治まらなかった。寒い中苦労してゴミを拾って、不味いものを食べて風邪までひいて、本当にバカみたいだった。お粥《かゆ》を作るような気力も食欲もなく、月曜日までには治さなくてはならないので、私はとにかく寝ようとした。

薄暗い部屋の中で横になっていると、部屋に漂っている感覚になってくる。部屋がアパートの一階にあるせいで道路の物音が響き、車が通り過ぎるたびに意識が戻ってきてしまう。エンジン音や人の話し声をぼんやり聞きながら、田舎の家のことを思い出していた。

あの家では外から聞こえるのは木々のざわめきや虫の鳴き声で、部屋にいるときも、いつも外の世界の力のほうが強いのを感じていた。自分以外のいろいろな生物の気配の中で暮らしているのだった。その隙間でひっそりと生きている感覚は心地よく、吸い込む空気の中には他の生物の呼吸が沢山溶け込んでいた。それを感じながら、子供の私も内臓で温めた二酸化炭素を吐き出し、自分の気配を静かに空気に染み込ませていた。夜になると暑さを少しでもしのぐために、窓を全て開いた。網戸はあっても、部屋を真っ暗にしてから窓を開けないと、どこからか小さい虫が入り込んできてしまう。網戸の外から生き物の動き回る微《かす》かな音や、木々が揺らす空気の振動が押し寄せた。

祖父が死んだ後、一度だけ祖母が埼玉の実家に遊びに来たことがある。そのときに東京見物にと、車に祖母を乗せて都内まで出掛けた。母と私は久しぶりに見る東京の夜景に喜んで窓の外を眺めていた。そんな私たちを目尻に皺をよせて見ていた祖母に、父が「田舎とは大分ちがうだろ」と言うと、祖母は「何もちがわねえさね。電気が無駄なだけで、あとは大して変わらねえわ」と言って笑った。

あのとき、大して変わらないと言った祖母の感覚が、自分よりずっと正常に思えて、私もそうなりたいと感じた。祖母にとっては砂利道もコンクリートで覆われた道路も似たようなものなのだろう。

汗ばんだ腕で布団を押しのけながら薄く目をあけると、薄暗い部屋の床に投げ出したままのトレンチコートの下から蟻が這《は》い出《で》てくるのが見えた。電車の中で払いのけたはずが、コートの裏にでもしがみつき続けていたのかもしれない。いつもなら気味悪がってすぐに外に放り出すか潰すかするのに、田舎の家の畳にもこれより一回り大きい蟻がよく這っていて、そのときは平気だったことを思い出し、じっとそのまま動きを見ていた。家の中に人間以外の生物を見つけ、即座に駆除するのではなくこうして共存してみるのは、何年ぶりだろうか。田舎では、食卓の上にバッタが跳ねていても皆平気でご飯を食べていた。さまざまな大きさの生命と一緒に暮らしている感覚があった。アスファルトの上を這う貧相な虫の気配や街路樹のか細いざわめきなど、人工的な騒音に溶けてしまって気付かないでいる気配が、東京に来た祖母にはしっかり感じられていたのかもしれない。

　外からは人の声が聞こえていたが、外国の言葉で、意味はわからなかった。しばらく聞いているとそれは動物の鳴き声に聞こえた。その音があの夏の夜に破れた網戸の向こうに感じ取っていた夜の気配と重なっていき、いつの間にか眠りについていた。


　丸二日以上ほとんど横になり続け、目を覚まして枕元の時計を見ると、朝の五時になっていた。生ぬるい布団を押しのけて立ち上がると、熱っぽさは抜けていて、どうやら今日からは会社へ行くことができそうだった。

　寝込んでいた間、水分の他にはゼリーを少し食べただけで、ろくなものを口にしていなかった。食欲も戻ってきていた私は冷蔵庫の中に冷凍のご飯以外何もないことを確認すると、コンビニへ行こうと汗ばんだ寝巻きからジャージに着替えた。そのとき、足の小指を何かにくすぐられ、見ると、あの小さな蟻が指に登っていた。ずっとこの部屋をうろついていたと思うと殺す気になれず、蟻を小指に乗せたまま玄関へ行き、かがんで人差し指でそっと転がした。本能で外がわかるのか、ドアのほうへ向かって真《ま》っ直《す》ぐ進み、ドアの下の隙間にぶつかって手足をばたつかせているので開けてやった。なんとなく行方が気になり、サンダルをつっかけて自分も玄関を出た。

蟻はコンクリートの上を素早い動きで歩いている。小さいころ、よくこうして蟻を追いかけたな、などと考えているうちに、蟻は、アパートとフェンスの間にある、五十センチメートルほどの隙間に入っていった。

隙間には雑草が茂っていて、上の窓から落ちてきたらしい煙草の吸殻や空き缶が転がっていた。私はそこを覗き込んだが、もう蟻は草にまぎれて見えなくなっていた。代わりに、そこには背の高い雑草を押しのけて葉を広げる二株の蒲公英があった。かなり大きい株で、手前のものは二十センチメートルほどもある葉が二十枚近く生え、重なり合いながら花を囲っている。腰をかがめて葉に触れると、その中に瑞々《みずみず》しく満ちている水分が伝わってきて、突如、激しい空腹感に襲われた。

その場に跪《ひざまず》き、手前の蒲公英の根元を摑んだ。根ごと引き抜いてやろうと力任せに引っ張ったが、思いもよらない強い力で持ちこたえられ、地面と綱引きをするように力をこめると、張り詰めた茎はあっけなく千切れてしまった。少しだけ割れ目ができた土から太い根の真っ白いまたがのぞいているのを見て、かなり土深くまで根を張っているのだとわかった。

千切った葉の部分をジャージのポケットにねじ込むと、身をさらにかがめて上半身を隙間に突っ込み、奥の蒲公英を掴んだ。手前のものほどではないがかなり大きい株で、根元はしっかり地面にくわえ込まれている。今度は慎重に両手で周囲の土を掘り、切れないように、勢いを付けすぎず株を引き上げた。しばらくぴんと茎が張りつめた後、突然、周囲の土がひび割れて盛り上がり、魚のように暴れながらずるりと根が出てきた。掘り起こされた穴から土の匂いが漂い、ごぼうのような根は二十センチほどもあった。それでも穴を覗くとまだ土の中に根が残っているようだった。飛び散った土の間から小さな虫が這い出てあたりをうろついている。私は蒲公英の根を垂れ下げたまま部屋に戻り、すぐにそれを洗い始めた。ポケットに入っていたもう一株の蒲公英とあわせると、ざるの半分以上が葉と花で埋まった。ふと、流しに飾ったままになっていた蒲公英が目に入り、まだ五日ほどしかたってないから大丈夫だろうと、それもざるに放り込んだ。

空腹は我慢できないほど激しくなっていた。包丁で葉と茎を切り、水を沸騰させた鍋に花ごと放り込むと、少しずつお湯が緑に染まり、豆を茹でたときのような匂いが立ち上る。我慢ができず一切れ菜箸《さいばし》でつまみあげて噛み付いた。茎を歯で砕くと、ほろ苦さと共に、小松菜と菜の花の中間のような、淡い緑の味わいが口に広がった。

どこかで強烈な味を想像していた私は、その味に少し拍子抜けした。それはごく素朴な野菜の味だった。ほろ苦い中にも香ばしさがあり、むしろ食べやすいくらいだ。

ざるにあけて葉を皿に盛りながら、せっかく採れた根も食べようと思いついた。ごぼうに似ているので金平《きんぴら》も合いそうだと思ったが、手っ取り早くざく切りにして多めの油で炒《いた》めた。炒め終えた根を別の皿に盛り付け、葉と一緒にちゃぶ台に並べた。茹でたことで大分葉は縮んで量は少なめなものの、解凍した白飯を横に添えると普段の朝食よりよほど豪華な食卓が出来上がった。

根はよく炒めた表面は香ばしく、中は少し苦味はあるものの、ごぼうよりも癖がないように思えた。花の部分は味は薄いが柔らかく食べやすい。醬油《しょうゆ》も用意したがほとんど味をつけずに蒲公英に嚙み付いた。窓の外の道路で誰かが立ち止まっているのか、話し声が聞こえていた。それは日本人の会話であり、意味はわかるはずなのに、採れたての緑を夢中で味わっている私には理解できなかった。その甲高《かんだか》い声と低い声は混ざり合い、言語ではなくなっていき、ただの、動物の喉《のど》が発した振動になって、窓を静かに震えさせ続けていた。

風邪も完全に良くなった水曜日、お昼の時間に椅子から立ち上がった私が手に持った弁当を見て、昼食に誘いに来た雪ちゃんが目を丸くした。

「あれ、今日はコンビニじゃないんだね。作ったの？」

「うん」

いつものように空いている会議室を確保して座ると、私のお弁当を雪ちゃんが興味津々に覗き込んだ。ラップにくるまれた緑色の炒め物を、雪ちゃんが指差す。

「ひょっとして、本当にどこかで摘んだの？」

「うん。蓬はなかったけど、蒲公英なら沢山あったよ」

「蒲公英？　それって食べられるの？」

「そうだよ、よく天麩羅とかにするじゃん？」

「わかんないけど……やめといたほうがいいんじゃない？　只《ただ》の雑草だもん」

私は顔をあげて雪ちゃんを見た。雪ちゃんは落としたものを拾い食いしている子供でも見るような、困った顔をしている。この前まで自分もそういう感覚しかなかったことを思い出し、微笑んで頷いてみせた。

「……ああ、そうかもね。じゃ、やめとこっかな」

私は家に持ち帰ってから食べようと、蒲公英の炒め物をラップで包みなおした。

「こっちは？」

それはオオバコの入った玉子焼きだった。それがないとお昼のおかずがほとんどなくなってしまうので、とっさに誤魔化した。

「それは、お祖母ちゃんが田舎から送ってくれたやつ」

そう聞いて、雪ちゃんがほっとして笑った。

「あ、そうなんだ。へえ、育ててるの？」

「ううん、多分、お祖母ちゃんが山で摘んだんじゃないかな」

「そっか、そういうの、やっぱいいよね。都会でやろうっていうのは、無理だよね」

「ん、だよね」

適当に返事をしながら、私は玉子焼きを食べ始めた。卵と混ざり合ったオオバコからはしっかりと野菜の味がした。あれからいろいろ調べて、蒲公英は元は野菜として輸入されたことや、外国では八百屋で売られているということも知った。そうとも知らずに思い込みで拒否反応を示し、田舎の山から摘んだ草ならいいという雪ちゃんを、どこか馬鹿にした気持ちで眺めながらおかずに噛み付いた。まともな生活はやろうと思えばどこでもできるのだ。今まで、住んでる場所が都内だからといってそのことに気付かなかった自分も馬鹿馬鹿しく思えた。


私は毎日野生の野菜を食べるようになっていた。草を捜すのは夕暮れどき、お腹がすいているときが一番いい。その日も、会社を終えると身軽な服装に着替え、今夜のおかずを採るために歩き出した。会社の机でパソコンのキーボードや電卓を叩《たた》いている時間より、今の方が本当の意味での労働をしている気がした。

家の側ではなく会社の側なのは、明るいうちに歩き回りたいからだ。暗くなると植物の見分けが付かず効率が悪いし、新しい採取場所を発見できる確率も低くなってしまうのだ。

私は淡い水色だったスニーカーがいつのまにか土で汚れているのを、満足げに見下ろした。私はこの間までスニーカーには土が似合うことすら忘れていたのだった。息苦しそうなスーツの男性や身だしなみを丹念に整えた女性たちの歩く歩道を、私は飢えた視線を周囲に這わせながら歩く。そうした動物的な歩き方を覚えてから、自分が今まで街の光景を記号化してしまっていたことがわかった。ここを曲がると地下鉄の駅、これは歩道、飲食店はあそことあそこ、などという記号に馬鹿正直に従っていたのだ。空腹を抱えて視線を這わせると、世界は記号の鎧《よろい》を取り去って本来の姿を現した。私の水色のスニーカーは、記号的意味を越え、歩道をまたぎ、どこまでも踏み込んでいくことができた。

今日はハルジオンの葉をメインに食べることにして、オフィス街の中にある児童公園へと歩き始めた。放置されているのかあまり手入れのなっていないその公園にはハルジオンが群生しているのだ。考えただけでお腹がすいてきて、自然と足が速まった。このオフィス街のどこに何が生えているかはしっかり頭の中に入っていて、その日食べたいものによってルートを変えて歩くのが日課になっていた。

児童公園にはハルジオン、一本向こうの大通りの花壇には小ぶりの蒲公英が生えている。大通りに面した駐車場では奥のほうに雑草の生える隙間があり、そこには少しだけオオバコがあるので、とりすぎないように気をつけながら採取している。今日はハルジオンを食べよう、明日はペンペン草を食べようと考えながら、それへ向かって歩く。

なんとなく予感がして、いつも通らない角を曲がって公園へ進みながら道脇に視線を這わせていると、古い煉瓦《れんが》の花壇の中に、花と混ざり合ってペンペン草が群生していた。私は喜んで、しゃがみこむと草をむしった。お腹がすいているせいか、今日はいつもより勘が冴えているようだった。空腹であればあるほど嗅覚が鋭くなるようなのだ。私は発見したばかりの野生動物としての自分に夢中になっていた。飼い猫が野良猫になるとき、こういう気持ちになるのではないだろうか。それはまだ小さな感覚ではあるが、確かに、自分の中に根付いているのだった。

目的の児童公園のベンチにはホームレスが座っていた。彼の持っている、これから売りさばくらしい大量の雑誌を見て、自分のほうが、彼らより野生の人間だといえるのではないかと思いつき、思わず笑ってしまった。土のついた野菜を今日食べる分だけ頂戴《ちょうだい》して食べるのは、とても健康的なことに思えた。クローバーも少量なら火を通せば問題なく食べられるし、どくだみは茹でて水にさらせば臭いがなくなり、味噌であえたり油で炒めたりして食べると嘘のように癖がない。ハルジオンとベーコンを炒めたものは大好物で、三日に一度は食べないと禁断症状が出そうになる。蒲公英の根は金平にもなるし、そのまま炒めても香ばしい。美味しい新鮮な野菜が身近にあるというのに、わざわざスーパーでしなびた葉を買う気にはなれなかった。

ペンペン草とハルジオンを入れた袋を提《さ》げて地下鉄の方へ向かって歩きながら、あともう一種類くらい明日の朝の分を採取しようと、辺りに視線を這わせた。

こうして野生の人間として歩いていて感じるのは、機械や建築物にも触れると温度があり、物によっては音声や振動を発しているということだ。その気配は森にうずくまる生命体が発していたものとよく似ていた。

背後から微かなうなり声を感じて振り向くと、道路脇に一台の自動販売機が佇《たたず》んでいた。近づいて触れると、手のひらに販売機の体温を感じた。

奥から聞こえる低い声と振動が肌に伝わってくるのに満足し、私は再び歩き始めた。

歩道には二本足の動物が歩き回り、甲高い遠吠えや、喉仏を震わせて発する低い音など、さまざまな鳴き声が絡み合っていた。あの夜、人間が発しているのは言語であるより先に動物の鳴き声なのだとわかってから、私は純粋にその音を聞くことができるようになっていた。

道路脇にはタクシーが何台も停まり、エンジンが発する鼓動が何重にも重なって響いていた。その横では灰色の液体が凝固した川の上を、銀色の塊が熱い呼吸を吐き出しながら流れていった。その両脇で静かに佇むビルの体内ではさまざまな器官が作動していて、その内臓の熱の揺らめきが外まで微かに伝わってくる。立ち止まれば、私は灰色の海の真ん中に浮いていて、遠くから大きな銀色の魚が空気を掻《か》く音が近づき、私の表面を揺さぶって遠ざかっていった。

さまざまな気配で街は満ちていた。その空気の振動たちは、あの夏の夜に感じたものと、確かに同じものだった。

生命のざわめきをかきわけ、空腹の胃を抱えた私は、今夜の食べものを、この街の隙間から少しだけもぎ取る。生き物の気配は遥か彼方まで続いていて、途方もなく思えた。私もそのざわめきの一部になって、呼吸を吐き出し動き回って空気を揺らし、生きている振動を街に染み込ませた。

ふと見ると、オフィスビルの前に立てられたオブジェの横に、僅《わず》かにクローバーが生えていた。明日の朝、オムレツに入れて食べようと、私は喜んでオブジェに顔をくっつけて脇の茂みに手を差し込み、葉を千切った。

重くなったビニール袋を覗き込むと、中から緑の匂いが漂った。私は満足して立ち去ろうとしかけ、ふと、思いついて、今自分が掘り起こした土の上に手を這わせた。
そこからは湿り気と温度が伝わってきた。オブジェの脇に手を突っ込んだまま、私の食べるものを育て上げてくれる大地の感触を、私はしばらくじっと味わっていた。その手のひらには、この大地の育んだ栄養が流れ込んでいるのだ。私はさらに強く手のひらを土に押し付けた。指の隙間から土が零《こぼ》れ、黄ばんだ手のひらは茶色い土に塗《まみ》れていった。こうしてみると私の手は一本の木だった。植物と違って普段は大地と離れているが、私は大地から生えているのだ。その証拠に、この街で採れた植物がこの身体の隅々まで行き渡っている。私は土の中に生え広がった指を握り締めた。指と土は混ざり合い、溶けて、じっと、自分から生えた植物たちを見上げていた。

その日も、会社帰りの私はいつものルートを廻って、ビニール袋に今日の分の雑草を摘んで歩いていた。どくだみを採りに来た公園で、子供がうずくまっているのが見えた。近づいてみると、どうやら子供が墓を作っているようだった。子供の横には水色の小鳥が横たわり、その隣には発泡スチロールでできた墓石が置いてあった。その墓石は妙に凝った作りで、色とりどりのペンで鳥の名前や顔がかいてあり、折り紙でできた造花が裏までびっしりと貼り付けられている。神妙な顔をしている子供に、私はどくだみを握ったまま声をかけてみた。

「何してるの？」

子供は顔をあげてこちらを見ると、

「お墓つくってるの」

と答え、再び作業に没頭し始めた。小鳥が死んで、こうして記号的に弔《とむら》うことを、祖母はなんと言うだろうか。いつか雪ちゃんに話した、父の鶏の話を思い出した私は、子供の背中に向かって優しく囁きかけた。

「ね、どうせなら、食べてあげれば？」

「え？」

「小鳥って焼いて食べると美味しいんだよ。お姉さん食べたことあるよ。土に戻すのもいいけど、そんなに人間っぽいお墓を作っても、鳥には意味がわかんないと思うよ。それよりどうせなら食べたほうが鳥の命が無駄にならないんじゃないかな」

我ながら良いことを言っていると思ったが、突然、子供が顔を歪《ゆが》めて泣き始めた。向こうから子供の親らしき女性が近づいてくるのを見て、私は急いで立ち上がって公園を走り出た。少しだけ振り向くと、子供は母親のスカートにしがみついて泣きじゃくっているようだった。

なぜ自分が逃げなくてはいけないのかわからなかったが、確実に、あの母親にも自分は奇人として扱われるだろうと思った。

いつの間にか、私は不可解な場所へ迷い込んでいた。自分は正常で、誰よりも健全だと、はっきり断言できる。けれど、同じように正常な子供が、泣きながら親に私を異常だと訴えるのだ。私は手に持ったどくだみの葉を強く握り締めながら早足で歩いた。森で暮らす人が森を食べるように、街で暮らす人は街を食べて生きていくのが自然なことなのだ。だがそう言い聞かせたところで、子供の泣き声は大きくなるだけだろう。

皆、気付いていないだけなのだ。やってみれば肉体に宿る野生の記憶が蘇り、こうして街を食べることが、コンクリートの隙間の大地と自分の肉体を繋げることが、どんなに自然なことか解《わか》るのに、皆、やってみようともしない。私は歩きながら、握り締めているどくだみに噛み付いた。

この草をあく抜きをしないで味わうのは初めてだった。口に入れた瞬間、独特のにおいと酸味が溢れてくる。セロリを思わせるような強い味わいにすがるように、私はさらに口の中に葉を押し込んだ。スーパーの売場に冷たく横たわっている野菜の死体にはない、生きた味わいに内臓が揺さぶられる。私はこの街の破片に噛み付き、唾液《だえき》で溶かし、飲み込み、腹の中へ落としながら、ひたすら灰色の歩道を進み続けた。

翌日、会議室でお弁当を広げると、雪ちゃんがそれを見て不思議そうに言った。

「なんか、今日、お弁当豪華だね」

「うん、この前、また田舎から、いろいろ送られてきてね。傷んじゃうから朝いっぱい作ったんだ。よかったら少し食べない？」

「ほんとう？　じゃあ、少しもらおうかなあ」

「うん、食べて食べて。これ、多分、おばあちゃんが田舎の山の中で採ってきた野草なんだよねえ……」

　雪ちゃんが私の田舎の話が好きなのをよく知っていた私は、山の風景や草むらを進む足の感触、都会では見られない大きな虫の話をしながら、雪ちゃんのお弁当の上にお惣菜を載せていく。

「美味しい」

「そう？」

　拒否反応を示されないようにこちらの「自然」に引きずり込むのだ。そのためには、彼女を驚かせるのではなく、相手の今もっている常識に基づいた感覚をあえて大切にして、愛撫でもするように彼女の共感を撫で回しながら、ゆっくり、ゆっくり、こちらの世界へ引き込む必要があるのだ。雪ちゃんにはもうたっぷりこちら側の生理感覚を染み込ませてある筈《はず》だ。もっと、もっと、溢れそうになるまで彼女を浸すのだ。

　私は、今までとは違う意味で、自分が街を食べ始めているのを感じていた。彼女を浸し終えたら、次の誰かには、何の話から始めればよいだろうか。最初の愛撫は慎重にしなくてはならない。たとえば暖かい春の日、灰色のオフィスから外に出たとき不意に漂う夏の匂いに郷愁を感じるとか、共感を得られそうな話から始めて、少しずつ、そこにこちらの生理感覚を混ぜ込んでいくのだ。その話は呪文のように唱えられるだろう。対象の体に少しずつ侵入して、少しずつ相手を変化させていくだろう。

ペンペン草のおひたしを食べていた雪ちゃんが目を細めて私を見た。

「なんか、理奈ちゃんの田舎の話を聞いてると懐かしいんだ。自分では田舎の家の思い出なんてないのに、不思議だよねえ」

「うん、そういうのあるよね、こういうのって遺伝子に組み込まれてるのかもねえ。あ、そうそう、おばあちゃん、たまに鳥の肉を送ってくれることもあるんだよ。今度それが来たら、また、こうやって少しおすそ分けするね。田舎の家って、知ってる？しょうがっこうをでるまでわたしのいえではおぼんがちかづくとかぞくさんにんでくるまにのってちちのいなかへいっていっしゅうかんほどとまってすごすのがかんれいになっていたんだけどそこはながののやまおくにあるてんけいてきないなかのいえでほそいやまみちをくるまでのぼってやっとたどりつくいえはげんかんがこどもべやとおなじくらいあってさいたまのじたくとはまったくおもむきがちがってふるいいっけんやがめずらしかったわたしはいつもとうちゃくするとすぐにはしりまわっていえのなかをたんさくしてふすまでへやとへやがつながったひろいいえのなかでまよってとつぜんおとなたちがくつろぐいまにとびだしてしまってしかられてもかいほうされるとすぐまたかけだしてふすまをあけてまわっていえのなかのたんけんがおわるとつぎはそとでさんざんあそんでゆうはんのころにはおなかがすいて」

私はその優しい言葉たちを呟き続けた。その記憶は、雪ちゃんの身体へと少しずつ潜り込み、内臓の中で蠢《うごめ》くのだ。いつしかそれは全身に廻って、雪ちゃんは少しずつ、今の生理感覚を失っていくだろう。ついこの前私に起きた素晴らしい変化と同じように。そして私と同じ、命のざわめきに満ちた世界で健全な暮らしを共に始めるのだ。

孵化<ruby>ふ<rt></rt></ruby>
化<ruby>か<rt></rt></ruby>

「ハルカー、結婚式に呼ぶ友達、決まった？」

マサシに尋ねられ、私は「あ、ごめん、まだメールの返事もらったまま放置してたー」とのんびりした口調で答えた。

「お前、そういうのちゃんと返事しろよな。わざわざ来てくれるんだからさ。リストも早く作れよ、ったく、いつもぼんやりしてるんだから」

「ごめんごめん」

「まあ、のんびりしてマイペースなのはお前のいいとこかもしんないけどさあ」

「はーい」

呆《あき》れた様子のマサシだったが、苛《いら》ついてはいないようだった。マサシは私がだらしないのに慣れているし、元々明るくて細かいことを気にしない性格なのだ。出会ったときからそうだった。マサシは少し単細胞だが快活で、お互い雑なので馬が合うのだ。

「あ、そうそう、スピーチはどうするんだ？　俺は上司と友達に頼んだけどさ」

「ああ、うん。それはアキにお願いしようかなあって」

「ああ、アキさんって、地元の友達だっけ。それがいいかもな」

マサシが頷《うなず》いた瞬間、ソファの上に放ってあった私のスマートフォンの着信音が鳴った。画面を見ると、地元の友達からのメールだった。

『委員長、今度のランチ会さあ、ミホの出世祝いも兼ねることになってたじゃん？何か特別なもの用意したほうがいいかな？』

私は床に寝そべったまま、素早く返事を打った。

『うん、手配してる。お花と、ミホが欲しがってた手帳カバーを注文してて、イニシャル入れてランチ会に間に合わせるつもり』

送信すると、すぐに返信があった。

『さすが委員長！　頼りになる！　子供の頃から変わらないよねえ。マサシさんも委員長と結婚するならラクだよね、なんでもテキパキ決めてくれるんだもん』

返信しようとすると、また着信音があり、今度は大学生のころのサークル仲間のリカからのメールだった。

『姫ー、来週のお祝い飲み会、ここになったよー』

私はすぐ返信を打った。

『リカちゃんありがとう～♡♡♡』

『姫が結婚するって聞いて、先輩たち騒いでたよ！　姫はほんと、うちのサークルのお姫様だったもんね』

『そんなことないよ～！　わたしSNSやってないから、連絡役させちゃってごめんね泣泣』

『それはいいけど、なんでやらないのー？　みんなけっこーやってるよー』

『一回登録したけどよくわかんなかったの～泣泣泣』

　リカとやりとりをしている間にも、学生時代のバイト仲間、高校の友達、働いている会社の同期からメールがどんどん送られてきた。返信先を間違えないように慎重に、手早くメールを送信していく。

『飲み会とか、あまり好きじゃないので。悪いけど、欠席って伝えておいてくれますか？』

『まじかよ、すげー！　画像送ってこいよ、岡本にも自慢しよーぜ』

『大学時代の写真が欲しいの～探してるんだけど見つからなくて涙涙。式でスライドに使いたいの～』

『今度のランチ会、プレゼントの他にサプライズでケーキも手配しました。私は早く行って手伝う予定ですので、来れる人はよろしく』

『えー、ほんとー？　全然知らなかったー、今度お花贈ろうかなー』

　メールの返信を熱心に打ち続ける私に、いつの間にかシャワーを浴びたマサシがバスルームから出てきて、タオルで頭を拭きながらソファに座った。

「ハルカ、お前、またメールの返信溜《た》め込《こ》んでたんだろー。ったくしょうがねえな。ほんと、ぼーっとしてるよなー」

「そうかなあー」

「そうだよ。一番そばにいる俺が言うんだからさ」

マサシは断言し、ドライヤーで髪を乾かし始めた。

「そっかー。そうだよねー」

私がへらりと笑うと、マサシもつられたように口元を緩めた。


自分には性格がないと気がついたのは、大学生になってしばらくしたときのことだった。

子供のころ、私は大人の言うことをよく聞く優等生で、「委員長」と呼ばれていた。勉強もできたし実際に委員長を任されることも多く、それが自分の持って生まれた素質であり性格だと信じて疑ってなかった。

中学校を卒業して、同じ中学校の生徒が一人もいない高校に入った。最初の授業のとき、机の上に出した教科書とノートを見て、隣の茶髪の女の子が声をかけてきた。

「えー、なにそれ！　ちゃんと教科書に名前書いてる！　あ、ノートにも！」

始業式のときに配られたプリントに書いてあった通りにしたつもりだが、笑われるとは思わなくて、つい私もつられて微笑んでしまった。

　私の表情が緩んだのを見て、女の子はさらに親しげに、リラックスした様子になった。私たちの顔の筋肉は、互いに呼応して動いている。そう感じながらも抗《あらが》えずに顔をさらに弛緩《しかん》させると、女の子は「他の教科書も見ていーい？」と私の机の中に手を伸ばした。

「わーこの子、全部に名前書いてる！　ちょーうけるんだけど！」

　女の子は周りの子にも私の几帳面《きちょうめん》に名前が書かれたノートを見せた。私のへらりとした表情を見て、笑っていいことだと解釈して安心するのか、皆それに応じるように私をからかったり、噴きだしたりした。

　皆の期待にもっと応《こた》えよう、と思った瞬間、私の口から間の抜けた声が飛び出していた。

「えー、だって先生が言ってたもんー。皆もそうしてると思ったー」

　私のとぼけた喋《しゃべ》り方《かた》に、皆がますます笑い出した。

「この子めっちゃ天然なんだけど！　ここまでくるとアホ。ちょーうける」

「え〜、天然じゃないよ〜」

　何だろう、この喋り方は、と自分で思っていた。女の子たちが笑っているのを見て、咄嗟《とっさ》に、彼女たちが想像する「私」を演じたのだ。

茶髪の女の子はすっかり私を気に入ったらしく、

「あんたさー、めっちゃ面白いね、名前なんていうの？」

と聞いた。

「高橋ハルカ〜」

私はまるでセッションでもするように、彼女たちの反応に「呼応」して間抜けな声で自分の名を名乗った。

その日のうちに、私は、「天然でちょっとばか」な女の子になっていた。「委員長」と呼ばれていた中学時代が消え去ったように、いつの間にか、皆から親しげに「アホカ」と呼ばれるようになっていた。

「まったく、アホカは天然なんだからさー」

不思議なことに、「委員長」だったころと全く同じ行動をしても、皆私を笑って、頭を撫《な》でたり、小突いたりして可愛がるのだった。

「アホカは彼氏できないよなー。だって天然すぎるもん」

「えーそんなのやだー」

「アホカ」になってから、私の喋り方は変わった。でもそれは「委員長」だったころと感覚としてはそんなに変わらなかった。皆から求められるリアクションを自動的にしているだけで、私が喋っているわけではないのだった。

私はだんだん「アホカ」でいることに慣れていった。「アホカ」はとぼけた言動ばかりして、クラスメイトたちにとても好かれた。

やがて受験の時期を迎え、私は同じ高校の子が誰もいない大学に進学することになった。「アホカ、あたしらいなくて大丈夫なの？」「心配だよ、アホカほんとに天然なんだもん」と友達はこぞって不安がった。

大学ではサークルに入って友達つくったほうがいいよ、という皆のアドバイスに従い、私は映画鑑賞サークルに入った。飲んだり食べたりしながら映画鑑賞会をしたり、感想をまとめた小冊子を作ったりするだけのサークルで、アホな自分にもできそうだと思ったからだ。

「こんにちはー、高橋ハルカですー。同じ一年生ですかー？」

私は明らかにOBと思われる人物にお辞儀をしてみた。俺が一年生なわけないだろと頭を叩《たた》かれ、みんなが笑う。「アホカ」としては完璧な行動のはずだった。

「いやいや、そんなわけないから」

「天然かよ」

予想通り、笑いが広がっていった。ここでも「アホカ」としてうまくやっていけそうだと感じたそのとき、凛《りん》とした声が響いた。

「天然かわいー。あたし、こういうぼーっとした子、めっちゃすき」

一際目を引く、レイナ先輩という美しい人だった。彼女がそう宣言したことで、「ほんと、天然」「かわいー」と他の女の子も囁《ささや》き始《はじ》めた。瞬く間に、「アホカ」に対するのとは違った反応が化学変化のように広がっていった。

「私も先輩みたいな綺麗《きれい》な人、大好きですぅ」

咄嗟に「場」の雰囲気を察知し、私はそう言ってレイナ先輩に抱きついた。レイナ先輩は「よしよし」と頭を撫でてくれた。男の先輩のうち一人が、からかうように声をかけた。

「えー、おれこういう子タイプなんだけど。アドレス教えてよ～」

冗談半分の口調にどうリアクションをとるべきか考えていると、私の髪を撫でていたレイナ先輩がきつい口調で言った。

「こら板谷《いたや》、ナンパやめなよ。だめだよハルカちゃん、このサークルの男は軽い奴ばっかりなんだから。あたしが守ってあげるからね」

「は～い！」

元気よく返事をしてみせると、「場」に合わせただけの私の言葉に呼応して、皆が言葉を紡いでいく。

「ひどいなー、ハルカちゃん」

「ハルカちゃん彼氏いるの？　いないなら俺らにもチャンスあるよなー」

「今度デートしようよー」

もはや私がなにも発さなくても、「私」という人間はどんどんキャラクター化されていった。

男の先輩たちが私にちょっかいを出し、「ハルカちゃん、危ないからこっちにおいで」とレイナ先輩に手招きされるのが、サークル内の「定番ネタ」になり、飲み会でも、バーベキューでも、活動日があるたびに何度も同じようなやり取りが繰り返された。

私はいつの間にか、サークル内で「姫」と呼ばれるようになっていた。「アホカ」と言われていたころと容姿が変わったわけではなく、実際に男の先輩たちがちょっかいをかけたいのは美人のレイナ先輩のほうなのだろうと理解していた。だが「キャラ」への期待に応えるように、私自身の服装は少しずつ、「アホカ」より「姫」にふさわしいものへと変わっていった。

「アホカ」は間の抜けたキャラクターが描かれたスウェットに緩めのパンツスタイルといったラフな服装だったが、「姫」はレースのついた、ピンクや白のワンピースを着た。自分が着たいという感覚は一切なく、サークル内で作り上げられた「キャラクター」に命じられてそうした服装をしているのだった。

私は「姫」にふさわしい、制服が可愛らしいファミリーレストランでアルバイトを始めることにした。

「じゃあ、高橋さん、他の皆と協力して、これぜんぶ倉庫に運んでね」

「はい！」

真っ白なエプロンの制服に包まれた私は、元気よく返事をした。

業者が運んできた野菜や冷凍食品などの食材を皆が手分けして運んでいる中へ入って、私は一番重そうな、生ビールの入った樽《たる》を持ち上げようとした。

これは「姫」として振る舞ういつもの癖だった。バーベキューでもサークルの仕事でも、一番重いものを持つ。そうすると、「姫、手伝うよ」と男の先輩が寄ってきて、「だからメール教えてよー」とふざけた口調で言う。そうすると、レイナ先輩や他の女の子が、「やめてくださいよー、姫にちょっかい出すと先輩に怒られますよー」「ほら姫、こっちおいで。いっしょに野菜の準備しよ？」と私を連れてってくれる。それがいつものパターンだったので、つい癖で手を伸ばしてしまったのだ。

「うわ！　すげえの持ち上げようとしてる！」

声がして、そちらを振り向くと、私と同い年くらいのバイトの男の子だった。

「お前まじかよ、そんなの女には無理じゃね？」

その言葉の中に、私の「キャラクター」への微《かす》かな期待があるような気がして、私は腕に力を込めてビールの樽を持ち上げた。

「まじで持った！　すげー！」

私は男の子に、「これくらい余裕だし」と男の子っぽい口調で言い放った。

「高橋さん、かっこいいー」

「見た目女の子っぽいのに、意外」

私はそのときまた「呼応」した。

「これくらい全然平気だよ」

「まじかよ、こいつほとんど男じゃね⁉」

茶髪の男の子の言葉に「うるせーな、お前もあっちの段ボール持てよ」と軽く答え、ビールを倉庫まで運んだ。

それをきっかけに、私はバイト先では「ハルオ」と呼ばれ、男の子のような女の子として扱われるようになった。

「キャラクター」はコミュニティの中でエスカレートする。「ハルオ」は、だんだんと、口調だけでなく行動も粗っぽくなり、服装も、大学がなくアルバイトだけしかない日はシンプルなシャツにジーンズという男の子っぽいものへと変化していった。

「ハルオ、お前キッチン行けよ。そっちのが向いてるよ、まじで制服似合わねー」

「うるっせーなー。あ、まかないお願いしまーす」

「うわ、ステーキ丼《どん》かよ！　朝からよくこんなもの食うなお前。本当に女かよ」

私は笑って男の子に軽く蹴《け》りを入れてみせる。

「いてて、ハルオの蹴り、まじでいてー」

男の子は笑い、キッチンの皆も笑う。男の子っぽい行動をすればするほど、私は好かれた。

このとき、私ははっきりと自覚した。

私には性格がないのだ。

あるコミュニティの中で「好かれる」ための言葉を選んで発信する。その場に適応するためだけに「呼応」する。ただそれだけのロボットのようなものだったのだ。

サークルでもバイト先でも、私はとても好かれていた。久しぶりに地元に戻れば「委員長」になり、高校の皆と集まれば「アホカ」になった。いくらキャラクターが増えても、私の中で4人の私はちっとも矛盾しないのだった。だって、私はコミュニティの中で好かれるように反応するだけの機械なのだから。

「呼応」し、好かれたり褒められたりした部分は発達し、「そんなの○○らしくないよ」と言われればその部分は欠損していく。私の輪郭は、私のものではないのだった。

だが、それは私だけの性質ではなさそうだった。気を付けてみると、この人、今、「呼応」しているだけだな、と思うことがたくさんあった。私たちはコミュニティの中で「呼応」を繰り返し、自身をキャラクター化させ、そのキャラクターに従うようになる。「本当の自分」なんてものは、誰にも存在しないのではないか、と考えるようになった。

ロボットと自分が違うところといえば、「好かれよう」「溶け込もう」と思っている、ということだけだった。それは愛情を欲しているというわけではなく、コミュニティの中で好かれて溶け込むといろいろと都合がいいから、という合理的な理由だった。人類が石器時代からすでに集落で暮らしていたことを想えば、それは人間としての本能といってよかった。あるコミュニティで、上手く好かれて、溶け込むことは、自分を守り、人生をスムーズにする。それだけが私の動機だった。

ある日、日曜日にバイトをしていたとき、レイナ先輩がバイト先にやってきた。

「あら、姫、ここでバイトしてたの？」

私はどちらの「キャラ」で喋ればいいのか迷った。だが、目の前のレイナ先輩に合わせて、咄嗟に「はいー」と「姫」の口調で答えた。

「制服似合ってるねー。サークルの奴等が知ったら押しかけてくるよ、きっと」

「わ～ん、他の人には言わないでくださーい！　まだ慣れないし、恥ずかしくて……」

先輩はうんうん、と心得たように頷いた。

「姫目当てでサークルの男連中が来たりしたら迷惑だよねえ。絶対言わないから安心して。姫のことはあたしが守るからね」

　レイナ先輩はコーヒーと紅茶ゼリーのデザートを注文した。デザートを作るためにカウンターに入ると、バイトの男の子が私に話しかけてきた。

「ハルオ、あの美人、誰？　知り合い？」

「サークルの先輩」

「まじかよ、お前と大違いじゃん。すげー、なあ紹介してよ」

「うるせーなー、早く外の掃除してこいよ」

　いつもの癖で男の子のふくらはぎに軽く蹴りを入れ、男の子は「ハルオ」らしい反応に笑いながら外へ出ていった。

　はっとして、カウンターからレイナ先輩を見た。先輩はこちらを見てはいなかった。ほっと息をついて、デザートとコーヒーを先輩のテーブルに運んだ。

「ありがとう」

　先輩はこちらを見ずに言った。

　お会計のとき、レジに入った私に、先輩が告げた。

「姫って、二重人格なのね」

　私は意味がわからず、お釣りを持ったまま呆然《ぼうぜん》としていた。先輩は私の掌《てのひら》からお釣りを捥《も》ぎ取り、店を出ていった。

それから、サークルに行っても、レイナ先輩は私を無視するようになった。

「あの子、裏表があるから」

そう陰で言っていると、同じ一年生のサークル仲間が教えてくれた。

「きっと姫に嫉妬してるんだよ。レイナ先輩、姫が来る前はサークルのマドンナだったんだって。姫のことみんながかわいいっていうから、妬《ねた》んでるんじゃない?」

サークルの女の子たちはそう宥《なだ》めてくれたが、そうではないことを私は知っていた。

私はコミュニティによって違う「キャラ」として振る舞っていた。そのことは卑怯《ひきょう》で自分を偽っていると、先輩は思ったのだ。

もしかしたら、こんなふうにコミュニティによって「キャラ」が変化するのは自分だけなのかもしれない。レイナ先輩の冷たい態度を見て、急に自分が恥ずかしくなった。レイナ先輩はそのままサークルにあまり来なくなり、分裂した「キャラ」の仮面を抱えたままの私が取り残された。

大学を出て就職したとき、もうあまり「呼応」しないようにしよう、と思った。

就職した会社は工事の足場に使う資材のレンタル会社だった。大阪に本社がある影響もあるのかアットホームで、飲み会も多かったが、私はあまり参加しなかった。お昼も一人で食べ、事務連絡以外の会話はほとんどしなかった。

いつの間にか、私は会社で「ミステリアスタカハシ」と呼ばれるようになっていた。

理由を尋ねると、「だって、クールでいつも一匹狼《いっぴきおおかみ》で、神秘的なんだもの。褒め言葉よお」と年配の女性社員に笑いながら背中を叩かれた。

なんだ、何もしなくても「キャラ」にされてしまうのではないか、と私はなんとなく腑《ふ》に落ちない気持ちだった。

おおらかな人が多いせいか、「ミステリアスタカハシ」はクールでミステリアスだと、ポジティブに受け止められた。「ミステリアスタカハシさん、次の飲み会は来てよ〜」などと上司に言われると、つい、皆の期待に応えて、「いえ、私用がありますので」などと答えてしまう。仕事中はブルーライトカットの眼鏡をかけ、それも銀縁のクールなデザインのものを選び、私はどんどん「ミステリアスタカハシ」になっていった。

一度作られた「キャラ」は、コミュニティが消滅しないかぎりは消えることがない。私は地元の友達と会うときは「委員長」、高校の友達と会うときは「アホカ」、大学のサークル仲間と久しぶりに飲み会をやれば「姫」、大学時代のバイト仲間からメールが来れば「ハルオ」、職場の同僚と話すときは「ミステリアスタカハシ」となり、5人のキャラを同時進行させながら生きていた。

恋人のマサシはそのことを知らない。高校の同級生が「アホカにもそろそろいい人見つけないと」と紹介してくれて付き合ったので、「アホカ」として接している。

マサシは快活で裏表のなさそうな、好青年だ。けれど、本当にそうだろうか。本当は会社では陰気な堅物として扱われていたり、地元では王子様キャラだったり、私と同じように複数の「キャラ」を使い分けながら生きているのではないだろうか。

マサシには他の4人の自分のことを話したことはない。マサシは、私を、ちょっとアホな、扱いやすい「アホカ」だと信じ続けている。

『スピーチ、いいよ。私がやるしかないもんね』

翌朝入ってきたアキからのメールの返信に、私はほっと息をついた。

『じゃあ、次の週末、打ち合わせとお礼を兼ねて、お家に伺っていい?』

『「委員長」、よそよそしい言い方やめてよ。ケーキ用意しておくから、手ぶらでおいでよね。「アホカ」くらいの感じでよろしく』

アキの返信に、私は『わーいやったー! ありがとー』と「アホカ」らしい絵文字をつけてメールを送った。

アキは私の小学校時代からの友人だ。そして、私の5人の「キャラ」を知る唯一の人物だ。

レイナ先輩がサークルからいなくなってしばらくしたあと、地元の友達のアキが偶然同じバイト先に入ってきたとき、「もうだめだ」と思った。

アキも私を「二重人格」「裏表がある」と罵《ののし》るだろう。でもアキは、ファミレスで男口調で話をする私を見て、

「へー、なんか委員長、キャラ変わったね」

と言うだけだった。

お互いの大学が近く、地元も一緒なので、バイトが終わるとアキと一緒に帰ることが増えた。そのとき、勇気をだして切り出した。

「あのね、アキ、バイトのときの、男っぽい私だけどさ」

「ああ、うん。びっくりしたよ。でもお互い、小学校の頃からキャラ変わっててもおかしくないよね」

そう言って笑ったアキに、私は真剣に言った。

「あのさ、まだいるんだよね」

「まだ、いる……？」

「あれが全部じゃないんだよね。まだ他の私がいるの」

アキと二人になると、私は自然と「委員長」の喋り方になった。

アキは少し面食らったようだったが、すぐに噴き出した。

「あのさ、委員長、ジキルとハイドじゃないんだからさ。委員長、ちゃんと大学で勉強してる？　周囲に適応するために幾つものペルソナがあるのは人間にとって普通の

ことだよ」

「でも、私、異常かもしれない。いくらなんでも、こんなに仮面の形が違うものかな？　仮面の中に何もないのって、普通のこと？　仮面を被《かぶ》ってる『本当の自分』があるかのように、みんな振る舞ってるじゃない」

アキは私の真剣さに、表情を引き締め、しばらく考えている様子だった。

「……うーん、委員長、真面目に考えすぎなんじゃない？　その真面目なのが委員長の『素《す》』って気もするけど。私、心理学専攻なわけじゃないからわかんないけどさ」

「一度、見てみてくれない？　他の私にも会ってみてほしいの」

「いいけど……」

私は、アキをサークルの飲み会へと連れて行った。

居酒屋の座敷に入った瞬間、

「遅れてごめんなさい～。これ、アキちゃんです～私の大親友なんです♡」

といつもと全く違う声のトーンで叫んだ私に、アキはかなり驚いた様子だった。

「姫、おそいよー。先輩たち、姫が来るまで乾杯はしないってうるさかったんだから」

「姫の友達？　わー、美人だねー。こっちこっち、座って！」

私はアキの腕にぎゅっとしがみ付いた。

「は～い！　アキちゃん、行こっ」

私は戸惑うアキと隣同士で座り、彼女にいちゃいちゃと纏《まと》わりついた。

自分でも何でこんなことをしているのかよくわからなかった。けれど、「姫」の言動はもう私の中で自動化していて、誰かの言葉や行動に合わせてひとりでに反応するのだった。

飲み会の帰り道、「送っていくよ」という先輩の言葉を振り切り、アキと一緒に終電で帰った。

「……どうだった？」

「いや、びっくりした」

「やっぱりそうだよね。私、どこかおかしいのかな」

アキは電車の手すりに寄りかかってしばらく何かを考えている様子だった。

「うーん……驚いたけど、でも、究極、人間ってそんなものかなって感じも、ちょっとした」

「え！」

私は身を乗り出して、アキにしがみついた。

「そう思う⁉」

「うん……飲み会の間、委員長のこと見ながらずっと考えてたんだけどさ。いくらなんでも極端だとは思うんだけど、でも、この空間で円滑にやりたいっていう気持ちを最優先させたら、人間って何にでもなれるのかもしれないなって、今日の委員長見てて思ったよ」

「そう……」

「委員長、昔から、クラスとかがうまくいくように気を遣う子だったもんね。『姫』とか言われてても、モテていい思いしようっていう感じが、ぜんぜんしないんだよね。目の前のことに対応してるだけって感じ。なんか、そう、パルポに似てる」

「パルポ……？」

「あれ、知らない？　地元の駅前にもいるよ。さいきん、あちこちにいる会話ロボット。でも、簡単な挨拶をしたり、単語に反応するくらいで、ぜんぜん会話って感じにならなくて飽きられてるけどね。ちょっと前に流行ったよ」

「そうなんだ」

なんとなく腑に落ちた感じがした。

「私、パルポと同じなのかも。未来から来た、もっと性能がいいロボットなのかも」

サングリアを飲みすぎてふわふわになった私は、ぼんやりと呟《つぶや》いた。

アキは笑って私の頭を抱き寄せて肩に乗せ、

「もう、委員長、酔っぱらってるよ。寝ちゃいなよ」

と言った。

「うん……」

「今喋ってるのは、委員長なのかな？　姫？　それともハルオ？」

「……わからない……」

「そうなの？　本人にもわかんないんだ？」

「だって、私は『呼応』しているだけだもの。その人が私を誰だと思っているかで、全てが決まるの。だから、私が誰なのかを決めるのは、私じゃないんだ……」

私の言葉に、アキがすっと息を呑みこんだ呼吸の音が聞こえてきた。

電車は「委員長」が育った地元へと向かっていた。窓の外は真っ暗だった。目を閉じた私を心地よく揺さぶりながら、電車は「姫」が過ごす場所から「委員長」が生きている場所へと運んでいくのだった。


週末、さくらんぼを持ってアキのマンションを訪れると、アキは「委員長だなあ。気を遣わないでって言ったのに」とあきれたように笑った。

さくらんぼと用意してくれたケーキをテーブルに並べたところで、アキが紅茶を運びながら切り出した。

「それでハルカ、どうするの？　結婚式には、『委員長』と『アホカ』と『姫』と

『ハルオ』と『ミステリアスタカハシ』を知る人が全員集まるわけでしょ。どの『キャラ』で結婚式をするの？」

「それなんだよね……」

アキと二人でいるときは、私は委員長をベースにした喋り方になる。溜息をついた私に、アキは呆れた様子だった。

「スピーチくらいなら、誤魔化せるかもしれないけど……でも、キャンドルサービスのときとか、テーブルごとにキャラを変えてまわるわけ？　ホラーだよ、それ」

「だから、身内だけで済ませたいって言ったんだけど。マサシが友達多い人で、絶対に披露宴も二次会もやるって聞かなくて」

「まあ、決まっちゃったものはしょうがないけどさ」

「普通の人はどうしてるの？　私ほどじゃなくても、アキだってキャラが少しずつ変わってるって言ってるじゃない？　どの時期の『自分』で結婚式をするものなの？」

アキは子供のころは、「大人っぽい女の子」だったが、大学時代は「きつくて気が強い、怖い女」と言われ、今の会社では「癒し系お姉さん」ということになっているらしい。私ほどではないが、皆「キャラ」は変わってるじゃないか、と思う。それなのに、一体どうやって、結婚式をしたり、ＳＮＳで自分を発信したりしているのだろう。

「パートナーといるときの自分に合わせるか、もしくは一番人数が多いコミュニティに合わせるか……その人の中では、それが『一番素の自分』ってことになってるんだと思うよ」

私は溜息をついた。皆、どうしてそんなに簡単に自分を「統一」できるのだろうか。元サークル仲間にせっつかれて、SNSを始めたときもそうだった。どこからか名前を検索した子供時代の友達と高校時代の友達とサークル仲間とバイト仲間と今の職場の同僚が全て見ている場所で、一体何を書けばいいのかわからなかった。

アイコンすら、何にすればいいのかわからなかった。「姫」の選ぶような可愛らしいカラフルなマカロンのアイコンでは、私を「ハルオ」だと思っている人間が違和感を覚えるだろう。「ミステリアスタカハシ」にぴったりの深海魚のアイコンは、「アホカ」を知る友達から訝《いぶか》しがられるだろう。

皆のページを見ると、こんな料理を作ったとか、こんな場所へ行ったとか、そんなことが無邪気に綴《つづ》られていた。この人たちは、どの「キャラ」を選択して、こんなことをしているのだろうか。私は恐ろしくなり、すぐに退会してしまった。

「私からすると、皆のほうがどうかしてるって思うよ」

思わず呟くと、アキが苦笑いを浮かべた。

「みんな、ネットの中でなりたい『キャラ』になってるんじゃない？　周りからどういう人間だと思われたいか、っていう理想があると、逆にはまると思うけどね、SNSも」

「とにかく、マサシにきいてみることにするよ。マサシに合わせてアホカのままで結婚式してもいいけど、それだと絶対、誰かが何か言うと思うし……二重人格だと思われるくらいなら、最初から言ったほうがいいよね」

私の言葉に、アキは不安そうな顔で頷いた。

「うん、それが理想だとは思うけど……」

「マサシ、単純だけどいい人だし、わかってくれると思う」

私の言葉に、アキは微笑んで頷いた。

「そうだ、結婚祝いがあるの。二人ともワインが好きでしょ？　前に欲しいって言ってたスパークリング用のグラスにしたの」

「え、気を遣わせてごめんね、ありがとう、うれしい」

スパークリングワインが好きなのは「アホカ」だ。「ハルオ」はビールを好むし、「姫」は赤ワインのサングリアを飲むことが多い。「委員長」は幹事をしていることが多いのでウーロン茶か、飲むにしてもレモンサワーを一杯だけだ。「ミステリアスタカハシ」は、焼酎《しょうちゅう》やウィスキーなどをロックで飲む。

肉体は変わらないはずなのに、「キャラ」によって酒のまわりやすさも違う。マサシの前では「アホカ」だからと、アキが気を遣って選んでくれたのだとわかった。

「ありがとう」

感謝して受け取ると、少しためらいがちに、アキが小さな声で言った。

「実はもう一つ、プレゼントしたいものがあるの」

「え、悪いよ、そんなに」

「委員長」らしく生真面目に遠慮すると、アキが、「渡せずにいたけど、ずっと考えてたプレゼントなの。お金がかからない贈り物だから安心して」と微笑んだ。

「お前、今日もだらだらしてんのかよー、暇なんだったら式のこと少しは始めろよ、まったくしょうがねーなー」

週末、リビングでだらだらとしていると、マサシから声をかけられた。

「確かに本格的な準備はまだ先だけどさ、ドレスの試着と招待状は早めをおすすめするって言われたじゃんか」

マサシにそう言われ、私は覚悟を決めた。私は寝室に行き、本棚からファイルを取りだし、リビングに戻りテーブルの前に座った。

「その前に、マサシに選んでもらいたいものがあるの」

「なに？　式場の人、なんか言ってたっけ？」

「あのね、私、現時点で5種類いるの。自分では選べなくて。だから、マサシにどれがいいか選んでほしいの」

マサシは私が何を言っているのかわからない様子だった。

「いろいろ考えたんだけど、ドレスで説明するのがわかりやすいかなって。わかりやすく、それぞれの『私』でドレスを選んでみたの。このふわっとしたドレスが、『アホカ』。『ハルオ』ならこのパンツスタイルのウェディングドレスが絶対似合うよね。『姫』ならこの、レースがたくさん使われた女の子らしいドレスだと思うし、『委員長』はこっちのオーソドックスなドレス。『ミステリアスタカハシ』ならこのアンティークのドレスがいいと思う。ねえ、どの『私』がいい？」

「お前、何を言ってるんだ？」

ソファに寝そべっていたマサシが、顔をしかめて身体を起こした。

「マサシはどの『マサシ』で結婚式に出るの？　マサシだって、1種類じゃないよね？　それに合わせるって方法もあると思ったんだけど。とにかく、どの『私』なのかさえ決まれば、あとは全部決められるの。招待状のデザインも、ブーケの色も、リングのデザインも、テーブルクロスの色も、ケーキの形も、引き出物を何にするかも、全部わかるの。『キャラ』さえ決まれば私にはぜんぶ見える。だから、どの『私』かだけ、マサシが決めて？　あとは全部私がやるから」

「どうしたんだよハルカ、まじで、何があったんだよ」

話についていけてこれない様子のマサシに、私はアキにしたように、最初から丁寧に、自分が持っている5種類の「キャラ」について説明した。

「説明だけじゃわかりにくいよね。やってみせてあげるね。『おい、マサシ、てめー冷蔵庫の中でしか存在しないんだけど、マサシには特別だよ。』本当は、コミュニティの中のビール飲んだだろ、あれ高かったんだからな。ふざけんなよなー』これ、ハルオね。あ、驚いた？　声のトーンも喋り方も全然違うもんね。『マサシぃ、ハサミ持ってるぅ？　自分のどこかにいっちゃって、洋服のタグが切れないぃ〜。せっかく可愛いワンピース買ったのにぃ』これ、姫ね。アキがよく、姫の真似するんだよね。一番真似しやすいみたい。『マサシ、また爪切《つめき》りどこかやった？　ちゃんとここに置いてって言ったでしょ。共同生活なんだからきちんとしてよね』これが委員長。マサシはちょっとだらしないところがあるから、これくらいきちんとした人のほうがいいかもしれないよね。『私、今読書中だから話しかけないでくれる？』これはミステリアスタカハシ。どのキャラが一番、一緒に暮らしやすいかな？　私はどれでもいいから、マサシに選んでもらって、結婚を機にそのキャラに自分を『統一』しようと思うの」

青ざめたまま私を見つめているマサシに、もっとわかりやすいように「委員長」は丁寧に説明した。

「考えてもみて、これからは新居に友達を呼んだり、友人を集めてバーベキューをしたりする機会だって増えるよね？　結婚式さえ乗り切ればいいってことでもないと、私は思う。だから、私、私を『統一』しないといけないの。各コミュニティに合わせてペルソナを被るのは当たり前だといったって、あまりに人格に齟齬《そご》があると皆を不安にさせるでしょ。私の言ってる意味わかる？」

「わからない！　お前は誰だ⁉　ハルカはそんな喋り方をしない！」

興奮してしまったマサシを「姫」が優しく宥めた。

「マサシくん、だいじょおぶ？　こわくない、こわくない、落ち着いて安心していいんだよー。ハルカがちょっと極端なだけで、人間はみんなそうなんだよー。ね？　あ、あったかーい紅茶でも淹《い》れようかな？　そしたら、マサシくん気持ちが落ち着くかな～？」

背中を撫でると、マサシは飛びのいて私の手を払った。

「お前は誰だ！　俺は騙《だま》されてた……ずっと騙されてたんだ、お前は本当のお前じゃなかったんだ！」

「少し興奮しすぎじゃない？　あなただって、そういう側面はあるでしょう？　家族に対してと、会社にいるときと、私に対して、違う『あなた』で話しているはずよ。『本当のマサシ』はどれ、って言われても答えられないでしょ？」

「ミステリアスタカハシ」が指摘すると、マサシは立ち上がって部屋の隅へと逃げた。

「逃げるなよ。こっちは全部見せてるんだからさ。気が付くことから逃げるなよな。考えようによっちゃ、こんなに全部見せる奴いないだろ？　耳を塞《ふさ》ぐんじゃねーよ」

「ハルオ」の言葉にマサシは激昂《げきこう》し、

「うるさいうるさいうるさい！　もう何も喋るな！　気が狂いそうだ！」

と叫んだ。

「こっちへ来るな！　話しかけるな！」

マサシは私を突き飛ばし、寝室に籠《こも》った。ドアの前から「誰」が話しかけても、マサシは出てこようとしなかった。

私は諦《あきら》めて、リビングのソファに寝そべった。寝転んだまま、「アホカ」がリビングに放りっぱなしにしていた鞄《かばん》に手を伸ばした。

できれば使いたくなかった。だが、アキがくれた「結婚祝い」を本当に使うことになってしまったのだ。私は溜息をつき、鞄から一枚の紙を取り出した。

「はい。これ、とっておいて」

あの日、アキが私に差し出したのは、一枚の履歴書だった。

「これ、なに？」

「6人目のハルカよ。私が作ってみたの」

そこには私ではない誰かの顔写真が貼《は》られ、今までの人生や趣味などが細かく書かれていた。

「これ、誰?」

「予備のハルカよ。困ったときに使って」

「予備の私……?」

アキは真剣な表情で囁いた。

「もしハルカが結婚式で自分を統一しようとしたらね、みんなね、『素』を見たがると思うわ。今までのハルカは嘘だった、『素』を見せろって。でも、ハルカに『素』なんてないでしょう? これは、そういうときのためのハルカ。この『6人目』になってみせれば、みんな納得すると思うわ」

「そっか……。こういうのがあれば、例えば大学時代のレイナ先輩みたいな人も、納得してくれたのかな?」

「たぶんね。これから、違うコミュニティの人が合わさる機会もあると思うの。だからそういうとき、使って。これが私の結婚祝いよ。もちろん、ワイングラスも心を込めて選んだけどね」

「ふうん……この『ハルカ』、どんな人なの?」

あまりに細かく書いてあるので読むより聞くほうが早いと思い、アキに尋ねた。

「汚くしておいたわ」

「汚く？」

「汚いものを、人は信じるから」

アキは嘲《あざけ》るような笑みを浮かべ、優雅な仕草で足を組んだ。

「人はね、綺麗なものより汚いものを見たとき、『真実だ』『これこそ本当だ』って騒ぎ立てるの。それで勝手に想像して陳腐なストーリーを造り上げて、自分を納得させて、安心するの」

「どうして？」

「さあ。でも、美しい言葉を吐いたあと汚い言葉を吐くと、『本音を言った』って騒ぐ人がほとんどよ。逆をやっても『嘘を吐《つ》くな、偽善者』って喚《わめ》く。たぶん、そういう仕組みのほうが安心するからじゃない？　綺麗なものが本質だと、落ち着かないのよ」

「へんなの」

私は思わず呟いた。

アキは私の頭を撫でた。

「使わずに済めばいいけどね。だから予備よ。念のためのお守り。いざというときのために、とっておいて」

「ありがとう、アキ」

グラスもうれしいが、私は全力で私を理解してくれた、アキの気持ちがなにより有難かった。

「プレゼントは家でマサシさんと使ってもらうとして、今から私たちも乾杯しない？」

「うん！」

私たちは履歴書の前で乾杯をした。

「『委員長』、結婚おめでとう」

「ありがとう。アキのプレゼント、大切にする。6人目の私に乾杯！」

私の言葉にアキは噴き出し、私たちの笑い声とグラスの音が部屋の中で重なった。


翌朝、ソファで眠っていた私は、マサシの足音で目を覚ました。

「おはよう」

マサシは戸惑いながらも、「寝室、占領してごめん」と言って、私から目を逸《そ》らしたままキッチンへ行った。

「朝ご飯の前に、話があるの」

「話……？」

「今まで騙していてごめんなさい。『素』の私を白状する」

私の言葉に、マサシは目を見開いた。

「私は本当は、とても醜い女なの。世界を呪って、憎んで、そんな自分を偽りながら生きてきたの。マサシのことも本当はずっと妬んでいた。私は健全な世界を憎む、化け物のような女なの」

マサシは私の発言に仰天したようだった。私は淡々と、架空の私を自白し続けた。

「子供の頃から、私は愛されるために自分を偽っていたの。愛情飢餓が、いつしか、『本当の私』の存在を殺していったわ。誰の前でも、架空の人物を演じることで愛情を得ようとした。けれど、私の中ではいつも子供の私が泣いていた。

やがて私は世界を憎悪するようになった。好かれるように振る舞い、幸せに生きている人間を殺す妄想にとり憑《つ》かれるようになった。親友のアキがそのままで愛されているのに嫉妬して、上履きを隠したこともあるわ。ただ妬ましかったの。愛されて、幸せな人間を全て憎悪していた。誰も悪くないってわかっていても、自分の怨念が抑えられなかったの。

マサシと会ったとき、この人こそ私のターゲットだって思ったの。明るく快活で、世界から愛されている。そういう人を手に入れることで世界に復讐しようとした。けれど、妬ましい気持ちは抑えられなかったわ。この前、すごく辛いスープを作ったでしょ。あれは憎しみの気持ちがそうさせたの。耳かきを隠したのも、お風呂の電球を古いものと取り替えたのも私よ」

「君が……」

「サッカーの番組の録画を消したのも私よ。世界への憎しみが抑えられないの。勝手に手が動いてしまうの」

言いながら、果たしてこんな陳腐な物語をマサシは信じるのだろうかと思っていた。いくらマサシが単純で扱いやすい人間だとはいっても、こんなことを真に受ける人がいるだろうか。

疑問を覚えながらも、私はマサシの前で跪《ひざまず》いた。まるで教会で神父に罪を打ち明けるように、手と手を組んで、「6人目の私」として喋り続けた。

カーテンの隙間から朝日が差し込み、薄暗い部屋の中で、真《ま》っ直《す》ぐな光の筋が床の上へ伸びていた。私とマサシの間を切り裂いていた。

「この、汚い、醜い、浅ましい、愚かな、おぞましい私が『本当の私』だよ。がっかりしたよね。今まで騙してごめんなさい」

「今も俺をそんなに憎んでいるの？」

戸惑ったような、でも奇妙に穏やかな声で、マサシが言った。

「そうよ。怖いよね。醜いよね。でも卑怯だけれど、マサシのことを愛しているのも本当なの。気持ちが悪いでしょう？」

マサシが私に飛びついてきたので、敵とみなされて攻撃されるかと思ったが、違った。マサシは私を強く抱き締めた。

「これが『本当のハルカ』なんだね！　ぼくだけに全部見せてくれてありがとう！」

驚いたことに、マサシは泣いているようだった。跪いた私に覆いかぶさるように包み込んでいるマサシに、窓の外から差し込む光の筋が当たっている。私にはそれがマサシの裂け目に見えた。

「6人目の私」と「呼応」して、マサシから新しいマサシが生まれていく。私は、まさにその瞬間に立ち会っているのだった。

マサシは顔の筋肉を、今までのマサシがしなかった動かし方で動作させ、口の横を引っ張って口角を引き上げ、鼻筋をすっと通し、目じりを下げ、額に皺《しわ》を寄せている。今まで見たことのない「顔」を創り出したマサシは、私に微笑みかける。

「今まで一人で苦しめていてごめんね。これからは、全てぼくに見せてくれていいんだよ、『ハーちゃん』。ぼくは君に無償の愛を捧げ続け、君を必ず救うよ」

「『ハーちゃん』……？」

ぼんやりと聞き返すと、マサシはますます顔を皺だらけにして私に慈愛の微笑みを見せつけようとする。

「ハルカと、ハンニバル・レクターの頭文字からとったんだ、『ハーちゃん』、いい呼び名だろう？　ぼくのことはマサシではなく『マザー』と呼んでくれていいんだよ。マサとかけてるんだ。ぴったりだよね。これからぼくはハーちゃんのマザーになるんだ。だからもう大丈夫だよ」

私は、私を抱き締めている「マザー」に恐る恐る抱きついた。他のリアクションは思いつかず、それが私にできる唯一の「呼応」だった。

「マザー！」

「ハーちゃん！」

私たちは強く抱き締め合った。そうせざるをえない強制的な雰囲気が、私たちの密室の中に流れていた。

「結婚のことも、全てぼくに任せてくれていいよ。『素』の君のことは僕らだけの秘密だけれど、少しずつ、『本当のハーちゃん』で皆と話せるようになっていこうね。ぼくとの約束だよ？」

「うん……」

テーブルの上で、式の後に二人で住み始める新居のファイルが、エアコンの風で捲《めく》れている。私たちは一生、密室で暮らしていく。「夫婦」という最少人数のコミュニティの中で、私たちはこれから「ハーちゃん」と「マザー」であり続けるのだ。

快活で、単純で、明るかった「マサシ」はもう私たちの世界から掃滅《そうめつ》されていた。私のいない場所には存在し続けるかもしれないその人に、私はもう一生会えないのだろう。

私は「マザー」にしがみつきながら、なぜか涙を流していた。「呼応」の演技に力が入りすぎたのか、「マサシ」の喪失が悲しいのか、自分でもわからなかった。

「ハーちゃん！」

私の涙に気が付いた「マザー」が、悲しそうに、でもどこかうれしそうに、私の背中を撫でる。「マザー」の撫でる手が私の輪郭を作っていく。

悲鳴を堪《こら》えながら、「ハーちゃん」は、「マザー」の腕の中で目を閉じた。カーテンの隙間からは光が消え、外は真っ黒な雲に覆われようとしていた。

解説　「正しさ」なんて、ぜんぶ嚙み砕いてしまいたい

朝吹真理子

喫茶店で友達と話していると、考えていることが相手と混ざり合ってきたりする。帰るころには、どっちが言ったことなのかわからない。考えていることだけではなくて、目にはみえない常在菌のようなものも、だらしなく混ざり合いながら、これまで、ずっとやりとりしてきた。笑ったときに口から出た微量の唾液が、相手の体に侵入してしまうかもしれない、そんな不安は、感染症がはやるまで意識したことがなかった。ほとんどみえない飛沫まで、個人の責任を問われているような気がする。マスクをつけ、握手をさけるようになり、一皿の料理をシェアしなくなった。ちょっとしたことで集まって一杯のお茶をする機会も減った。自と他の境界が、以前より、はっきりしてきているような気がする。このままどこまで自他をわけるのかな、と時々怖くなる。

私は、友達が漬ける発酵食品が好きで、家にお邪魔したりすると、よく食べている。自家製のぬか漬けは、かき混ぜているひとの手の常在菌が、乳酸菌や酵母、多種多様

な微生物とむすびついて発酵し、その味をつくっている。

「●●さんのぬか漬けおいしい！」

そう言いながら食べているとき、そのひとを食べた、とまでは思わないけれど、そのひとを構成しているなにがしかが体に入ってきたと思うことがある。ぬか床を育てている友達は、皮膚の常在菌を大切にしていて、なるべくなら手を洗いたくない、と言っていた。じぶんの臓器のように、常在菌を労《いたわ》っているのだなと思ってきいていた。友達からすると、手を洗うたび、じぶんの大切ななにかが排水溝にズボッと吸い込まれて消える恐怖みたいなものも感じているのかもしれない。向かい合って話しているだけで、私たちは体の常在菌を交換しているけれど、キスはもう少し直接的な常在菌の交換で、相手のいくばくかを食べ合っている。虫歯菌も、歯の隅についた砂糖かすも、混ざり合う。

個人の範囲の常識がもし今後変わってゆけば、手の常在菌がぬか床で生き続けたらそのひとがまだ生きているということになるかもしれないし、逆に、ぬか漬けを食べることが、とてつもない後ろめたさや嫌悪感をもたらす行為に繋がったりするかもしれない。そんなことを思いながら、本書を読んでいた。

本作短篇十二作は、著者が自選している。常識から外れているひとが多くでてくる。はじめは、まじめに狂っている登場人物の挙動がおかしくて笑ってしまうけれど、それは読んでいる自分が正常だと思い込んでいるから笑えるだけに過ぎないので、途中から、笑っていた自分のことが怖くなる。

作中の社会規範はさまざまなのだけれど、いずれも、その世界で是とされていることに対して、諾《うべな》いきれないひとびとがでてくる。時代によって変わる社会規範に対して、疑うことなく生きられるひとたちは強い。そのひとたちは、素直に適応していて、かつての常識を引きずって逡巡したり、腑に落ちないままのひとに対して、とても冷淡だ。


表題作の「生命式」はその後の著者の作品「殺人出産」「消滅世界」に考えを進めてゆくきっかけになった大切な短篇でもある。

「生命式」は、葬式にとって代わった弔い方の新しい形の名で、政府推奨の式として、一般的になりはじめている。生命式では、通夜振る舞いのようなかたちで、故人の肉を食べ、妊娠をのぞむ男女が、交尾をする相手を探す場にもなっている。作中世界は、人口減少が地球ぜんたいで取り組むべき問題になっていて、人の数を増やすことが最も尊いこととされていて、セックスからエロティックな要素がすべて抜け落ち、「妊娠を目的とした交尾」である「受精」だけをみんな求めている。人を増やすことは社会にとっていいことなので、交尾は、隠れてする行為ではない。生命式に、誰も喪服を着ていかない。交尾可能な男女が、華やかな服装で参加する。鯉濃《こいこく》や猪鍋を食べるような感覚で肉を食べながら、好ましい人物がみつかれば「受精」する。

生命式は、一見すると異様なのだけれど、もとから冠婚葬祭の集まりは生者のための場所であるし、ひさしく交流のなかったひとと繋がるきっかけでもあるから、いまと大きくは違わないのかもしれない、とも思ったりする。

もし私が生命式に参加をするとして、もし嫌いなひとの肉だったとしても食べるんだろうか。牛肉や鶏肉をみても、生前、いいやつだったかどうかを考えて食べたことがないから、死体になったら、人柄は抜け落ちて、ただの肉として味わえるのかもしれない。お正月に、お寺で、お神酒《みき》をいただくとき、このお神酒はいったいどこの酒蔵のものなのか、と思って飲んだりしないのに似ているのかもしれない。でも、総務にいた中尾さんのすがたを浮かべて「中尾さん、美味しいかなあ」と味を想像したりする場面もある。生きているうちから、みんなこっそり舌の上で味を推量したりするんだろうか。美醜のように、おいしそうであることが、生前の魅力にも加味されたりするのか。そんなことを考えてから、本を閉じて、友達に会うと、不思議な視線で相手の肉体を見てしまう。

主人公は、人の肉が禁忌であったころのことをよくおぼえている。主人公がまだ幼稚園児のころ、おいしそうな食べものをくちぐちにあげる遊びをして、他の園児が象や猿をあげているのをきいて、ふと「人間」と言ってしまう。それをきいた子供たちは動揺し、おぞましい考え方を持つ子として先生からも非難された。それが、たった三十年で、全く反対の倫理観になっていることに、どこか納得がいかない。かつての倫理観が根強いはずの老人も、故人の肉を食べながら「本当にいい風習だね」などと言ってしまう。三十年前の倫理はどこにいってしまったのか。主人公は、肉を食べることそのものに抵抗はなくて、かつて「〝正しさ〟で私を糾弾していた」人たちが、いまは肉をおいしそうに食べていることに対して、憤っている。人間の忘れっぽさと、本能や倫理などという言葉を、時代の空気にあわせていい加減に使っていることに、どうしても慣れない。

「わかるー。人肉を食べたいと思うのって、人間の本能だなあって思うー」おまえら、ちょっと前まで違うことを本能だって言ってただろ、と言いたくなる。

本能なんてこの世にはないんだ。倫理だってない。変容し続けている世界から与えられた、偽りの感覚なんだ。（「生命式」）

「正常は発狂の一種でしょう？　この世で唯一の、許される発狂を正常と呼ぶんだって、僕は思います」（「生命式」）

正しさを保証するために「本能」という言葉を使う。そのときどきの、ちょうどいいところにいられるひとは正常で、そこからこぼれ落ちたら、狂人のスタンプを押される。十二篇それぞれ「正しさ」になじめないひとたちが出てくる。そしてみんなひたむきに狂っている。

「素敵な素材」では、社会規範を受け入れられていないのは、主人公の恋人だ。主人公は、ローンを組んでまで買った人毛セーターを大切に着ている。人間の素材を使ったものが、いちばんサステナブルでラグジュアリーだ、というのが世間の価値観で、そのことを恋人はどうしても受け入れられない。みんなちょっとまえまで、獣毛のみを着ていて、人毛なんておぞましいと思っていなかったか？　彼は前時代の価値観のままでいる。彼らの住む世界では、最もラグジュアリーなのは人歯をもちいた指輪で、ダイヤより価値がある。それを買わないのは、ナナの恋人はケチではないか、と女友達が言ったりする。ふたりが結婚するとき、恋人の実家で、父親が自分の皮膚をもちいてつくっておいた、未来の花嫁のためのベールをみる。亡父の皮膚でできた美しいレースをみた息子は、生成《きな》り色の薄い皮膜が揺れる美しさに、自分が否定している理由がわからなくなってゆく。「人間には、人の皮膚がとても似合う」と、かたくなに抵抗していた人体をつかうことへの嫌悪が、あっけなく崩れて混乱するシーンの台詞が、おかしい。

私は、芳子と菊枝という女友達同士が七十代になっても同居をしている二篇（「夏の夜の口付け」「二人家族」）がとても好きだった。初老の女性同士が、聖人でも悪人でもなく、ふつうの人として描かれている。ふたりの設定は、二篇で少しずつ違い、その違いもまたおもしろい。

セックスを好まず、処女のまま、人工授精で子供を持った芳子と、セックスを好むけれど特定の恋人を持たない菊枝、ふたりにはそれぞれ子供もおり、家族として同居をしている。友人であるが、恋人ではない。それぞれが産んだ子供の共通の母でもある。夏の夜に、ふたりが散歩をする。そのときのふたりの呼吸がとてもこきみよくて、最高だ。

「わらびもちって、男の子の舌と似てるのよ。だから食べたくなるの。キスしてるみたいな気持ちになるから」

「そう。じゃあ、いらないわ」

芳子が肩をすくめると、「あら、悪いこと言っちゃったわね」と菊枝が笑った。

自分たちは真逆なのに似ている。菊枝は、芳子が処女だと打ち明けたときも、「あらそう」と頷《うなず》いただけだった。

「やっぱり、一つ頂くわ」

芳子は手を伸ばし、一つを口に入れた。柔らかい塊を歯で嚙《か》みちぎると胸がすっとした。「激しいキスねえ」菊枝が笑い、静まり返った夜道に二人の足音が弾むように響いていた。（「夏の夜の口付け」）


芳子が、男の舌に似ているという甘い菓子を、くいちぎって飲み込んで、とかしてゆく。とても美しい場面だと思って読んでいた。芳子は、性をもとめないじぶんに、なにか理由があるだろうと勝手に推量して、他者が詮索してくることへの違和感を食いちぎる。性をもとめないことに理由なんてない。そういうひとがいるだけに過ぎないけれど、社会は、それを普通じゃないひととみなして、そうなってしまっている理由を欲する。芳子は、女ふたりで暮らしていると、その背景を邪推されることに怒っている。学生時代、結婚できなかったらいっしょに暮らそうね、と友達同士で言っていたのに、いざ実行すると、周囲から奇人扱いされる。当時の願望を有言実行しただけなのに、いざほんとうに住むと、突然、変わったひとにされる。

当短篇集では、登場人物が抱いている、腑に落ちない感覚や、正しさを押しつける傲慢な視線や態度に対して、食べることによって、反発したり、新しい価値観の発見を体に取り入れたりしているシーンが多い気がする。「生命式」では、作中で、死んだときのためにあらかじめ「俺の肉」のレシピを入念に考案していた、主人公の友人の山本という男がでてくる。彼の肉を食べながら「山本って、カシューナッツと合うんですね」としみじみ彼の未知なる部分を発見する台詞はとてもほがらかにきこえた。

主人公が都会の雑草を採取して食べている「街を食べる」では、あたりにはえている蒲公英《たんぽぽ》やオオバコという「街の破片に噛み付き、」都会という灰色の自然を体に取り入れる。著者の食べ物の描写はけっこう気味が悪い。「パンくずが散らばった皿の上では潰《つぶ》れたトマトが重なり合って、どろりとした緑色の内臓を垂れ流していた」（「街を食べる」）と、いかにもまずそうで、読んでいて楽しい。

「素晴らしい食卓」では、信州などでよく食べられている虫の甘露煮、前世をイメージした名前のない料理（たんぽぽの三つ編みみかんジュース煮込み）、フライドポテトやプリングルズといった揚げた芋のお菓子、宇宙食のような完全栄養食のフリーズドライフードと青いドレッシングをかけたサラダ、それぞれがじぶんに正直な食べたいものを食卓でふるまう。みんなの正しさがずれ合っている。そんななか、すべてを許容し、多様性を尊んで、みんなの正しさの盛り合わせを主人公の夫が食べはじめ、そのひとがいちばん不気味で浅はかに思えるところで終わる。

「パズル」では、じぶんに人間らしさがないと思っている主人公早苗が、同僚の胃液で溶かされた焼きそばやから揚げの混じった吐瀉物をみて、胃液（内臓）の力強さにうっとりする。著者の作品のなかには、食べたいという欲求への信頼、臓器への信頼、みたいなものがある気がする。人の考えは嘘をつくけど、臓器の生理的な反応は正直で、それを大切に思っているような気がする。

思春期だった十代のじぶんにおくりたいのは「魔法のからだ」だ。この作品では、社会規範はいまのわたしたちと同じで、学校のなかで、思春期の男女が、性的なことを笑いにかえてやりとりする。後ろめたいことなどないのだ、と、誌穂は、オナニーを肯定するときに、じぶんの快楽はじぶんのためのものだ、と小さな声で演説する。そのとき彼女が言う「快楽を裏切らない」という台詞がずっと頭に残っている。

本書は二〇一九年一〇月、単行本として小社より刊行されました。

初出
生命式…「新潮」二〇一三年一月号
素敵な素材…「GRANTA JAPAN with 早稲田文学」03　二〇一六年二月
素晴らしい食卓…「MONKEY」Vol.13　二〇一七年一〇月
夏の夜の口付け…「BIRD」7号　二〇一四年九月
二人家族…「花椿」二〇一五年1・2月合併号
大きな星の時間…「おやすみ王子」Eテレ　二〇一六年一二月二三日放映
ポチ…「白の美術館」テレビ朝日　二〇一八年一月三一日放映
魔法のからだ…「Maybe!」Vol.1　二〇一六年六月
かぜのこいびと…「早稲田文学　記録増刊　震災とフィクションの〝距離〟」二〇一二年四月
パズル…「早稲田文学」3号　二〇一〇年二月
街を食べる…「新潮」二〇〇九年八月号
孵化…「小説トリッパー」二〇一八年夏季号

生《せい》命《めい》式《しき》

二〇二二年 五 月一〇日 初版印刷
二〇二二年 五 月二〇日 初版発行

著　者 村《むら》田《た》沙《さ》耶《や》香《か》
発行者 小野寺優
発行所 株式会社河出書房新社
〒一五一―〇〇五一
東京都渋谷区千駄ヶ谷二―三二―二
電話〇三―三四〇四―八六一一（編集）
〇三―三四〇四―一二〇一（営業）
https://www.kawade.co.jp/

ロゴ・表紙デザイン 粟津潔
本文フォーマット 佐々木暁
本文組版 KAWADE DTP WORKS
印刷・製本 凸版印刷株式会社

Printed in Japan ISBN978-4-309-41887-2

消滅世界

村田沙耶香　41621-2

人工授精で、子供を産むことが常識となった世界。夫婦間の性行為は「近親相姦」とタブー視され、やがて世界から「セックス」も「家族」も消えていく……日本の未来を予言する芥川賞作家の圧倒的衝撃作。

アカガミ

窪美澄　41638-0

二〇三〇年、若者は恋愛も結婚もせず、ひとりで生きていくことを望んだ——国が立ち上げた結婚・出産支援制度「アカガミ」に志願したミツキは、そこで恋愛や性の歓びを知り、新しい家族を得たのだが……。

ぴぷる

原田まりる　41774-5

2036年、ＡＩと結婚できる法律が施行。性交渉機能を持つ美少女ＡＩ、憧れの女性、気になるコミュ障女子のはざまで「なぜ人を好きになるのか」という命題に挑む哲学的ＳＦコメディ！

スイッチを押すとき 他一篇

山田悠介　41434-8

政府が立ち上げた青少年自殺抑制プロジェクト。実験と称し自殺に追い込まれる子供たちを監視員の洋平は救えるのか。逃亡の果てに意外な真実が明らかになる。その他ホラー短篇「魔子」も文庫初収録。

メモリーを消すまで

山田悠介　41769-1

全国民に埋め込まれたメモリーチップ。記憶削除の刑を執行する組織の誠は、権力闘争に巻き込まれた子どもたちを守れるのか。緊迫の攻防を描いた近未来サスペンスの傑作に、決着篇を加えた完全版！

ニホンブンレツ

山田悠介　41767-7

政治的な混乱で東西に分断された日本。生き別れとなった博文と恵実は無事に再会を果たし幸せになれるのか？　鬼才が放つパニック小説の傑作が前日譚と後日譚を加えた完全版でリリース！

短くて恐ろしいフィルの時代

ジョージ・ソーンダーズ　岸本佐知子〔訳〕　46736-8

脳が地面に転がるたびに熱狂的な演説で民衆を煽る独裁者フィル。国民が6人しかいない小国をめぐる奇想天外かつ爆笑必至の物語。ブッカー賞作家が生みだした大量虐殺にまつわるおとぎ話。

鉄の時代

J・M・クッツェー　くぼたのぞみ〔訳〕　46718-4

反アパルトヘイトの嵐が吹き荒れる南アフリカ。末期ガンの70歳の女性カレンは、庭先に住み着いたホームレスの男と心を通わせていく。差別、暴力、遠方の娘への愛。ノーベル賞作家が描く苛酷な現実。

青い脂

ウラジーミル・ソローキン　望月哲男／松下隆志〔訳〕　46424-4

七体の文学クローンが生みだす謎の物質「青脂」。母なる大地と交合するカルト教団が一九五四年のモスクワにこれを送りこみ、スターリン、ヒトラー、フルシチョフらの大争奪戦が始まる。

ある島の可能性

ミシェル・ウエルベック　中村佳子〔訳〕　46417-6

辛口コメディアンのダニエルはカルト教団に遺伝子を託す。2000年後ユーモアや性愛の失われた世界で生き続けるネオ・ヒューマンたち。現代と未来が交互に語られるSF的長篇。

服従

ミシェル・ウエルベック　大塚桃〔訳〕　46440-4

二〇二二年フランス大統領選で同時多発テロ発生。極右国民戦線のマリーヌ・ルペンと、穏健イスラーム政党党首が決選投票に挑む。世界の激動を予言したベストセラー。

闘争領域の拡大

ミシェル・ウエルベック　中村佳子〔訳〕　46462-6

自由の名の下に、人々が闘争を繰り広げていく現代社会。愛を得られぬ若者二人が出口のない欲望の迷路に陥っていく。現実と欲望の間で引き裂かれる人間の矛盾を真正面から描く著者の小説第一作。

ドレス

藤野可織　41745-5

美しい骨格標本、コートの下の甲冑……ミステリアスなモチーフと不穏なムードで描かれる、女性にまといつく“決めつけ”や“締めつけ”との静かなるバトル。わかりあえなさの先を指し示す格別の８短編。

いやしい鳥

藤野可織　41652-6

だんだんと鳥に変身していく男をめぐる惨劇、幼い頃に母親を恐竜に喰われたトラウマ、あまりにもバイオレントな胡蝶蘭……グロテスクで残酷で、やさしい愛と奇想に満ちた、芥川賞作家のデビュー作！

シメール

服部まゆみ　41659-5

満開の桜の下、大学教授の片桐は精霊と見紛う少年に出会う。その美を手に入れたいと願う彼の心は、やがて少年と少年の家族を壊してゆき――。陶酔と悲痛な狂気が織りなす、極上のゴシック・サスペンス。

罪深き緑の夏

服部まゆみ　41627-4

“蔦屋敷”に住む兄妹には、誰も知らない秘密がある――十二年前に出会った忘れえぬ少女との再会は、美しい悪夢の始まりだった。夏の鮮烈な日差しのもと巻き起こる惨劇を描く、ゴシックミステリーの絶品。

ふる

西加奈子　41412-6

池井戸花しす、二八歳。職業はＡＶのモザイクがけ。誰にも嫌われない「癒し」の存在であることに、こっそり全力をそそぐ毎日。だがそんな彼女に訪れる変化とは。日常の奇跡を祝福する「いのち」の物語。

すみなれたからだで

窪美澄　41759-2

父が、男が、女が、猫が突然、姿を消した。けれど、本当にいなくなってしまったのは「私」なのではないか……。生きることの痛みと輝きを凝視する珠玉の短篇集に新たな作品を加え、待望の文庫化。

親指Pの修業時代　上

松浦理英子　40792-0

無邪気で平凡な女子大生、一実。眠りから目覚めると彼女の右足の親指はペニスになっていた。驚くべき奇想とユーモラスな語り口でベストセラーとなった衝撃の作品が待望の新装版に！

親指Pの修業時代　下

松浦理英子　40793-7

性的に特殊な事情を持つ人々が集まる見せ物一座“フラワー・ショー”に参加した一実。果して親指Pの行く末は？　文学とセクシャリティの関係を変えた決定的名作が待望の新装版に！

ジェシーの背骨

山田詠美　40200-0

恋愛のプロフェッショナル、ココが愛したリック。彼を愛しながらもその息子、ジェシーとの共同生活を通して描いた激しくも優しいトライアングル・ラブ・ストーリー。第九十五回芥川賞候補作品。

人のセックスを笑うな

山崎ナオコーラ　40814-9

十九歳のオレと三十九歳のユリ。恋とも愛ともつかぬいとしさが、オレを駆り立てた――「思わず嫉妬したくなる程の才能」と選考委員に絶賛された、せつなさ百パーセントの恋愛小説。第四十一回文藝賞受賞作。映画化。

鞠子はすてきな役立たず

山崎ナオコーラ　41835-3

働かないものも、どんどん食べろ――「金を稼いでこそ、一人前」に縛られない自由な主婦・鞠子と銀行員・小太郎の生活の行方は⁉　金の時代の終わりを告げる傑作小説。『趣味で腹いっぱい』改題。

ナチュラル・ウーマン

松浦理英子　40847-7

「私、あなたを抱きしめた時、生まれて初めて自分が女だと感じたの」――二人の女性の至純の愛と実験的な性を描いた異色の傑作が、待望の新装版で甦る。

私を見て、ぎゅっと愛して　上

七井翔子　41792-9

婚約者がいるにもかかわらず、出会い系サイトでの出会いをやめられない女性が、さまざまな精神疾患を抱える日常を率直に綴った話題のブログを大幅に改訂し文庫化。

私を見て、ぎゅっと愛して　下

七井翔子　41793-6

婚約者がいるにもかかわらず、出会い系サイトでの出会いをやめられない女性が、さまざまな精神疾患を抱える日常を率直に綴った話題のブログを大幅に改訂し文庫化。

あられもない祈り

島本理生　41228-3

〈あなた〉と〈私〉……名前すら必要としない二人の、密室のような恋——幼い頃から自分を大事にできなかった主人公が、恋を通して知った生きるための欲望。西加奈子さん絶賛他話題騒然、至上の恋愛小説。

あなたを奪うの。

窪美澄／千早茜／彩瀬まる／花房観音／宮木あや子　41515-4

絶対にあの人がほしい。何をしても、何が起きても——。今もっとも注目される女性作家・窪美澄、千早茜、彩瀬まる、花房観音、宮木あや子の五人が「略奪愛」をテーマに紡いだ、書き下ろし恋愛小説集。

また会う日まで

柴崎友香　41041-8

好きなのになぜか会えない人がいる……ＯＬ有麻は二十五歳。あの修学旅行の夜、鳴海くんとの間に流れた特別な感情を、会って確かめたいと突然思いたつ。有麻のせつない一週間の休暇を描く話題作！

ショートカット

柴崎友香　40836-1

人を思う気持ちはいつだって距離を越える。離れた場所や時間でも、会いたいと思えば会える。遠く離れた距離で“ショートカット”する恋人たちが体験する日常の“奇跡”を描いた傑作。

白い薔薇の淵まで

中山可穂　41844-5

雨の降る深夜の書店で、平凡なOLは新人女性作家と出会い、恋に落ちた。甘美で破滅的な恋と性愛の深淵を美しい文体で綴った究極の恋愛小説。第十四回山本周五郎賞受賞作。河出文庫版あとがきも特別収録。

死にたくなったら電話して

李龍徳　41842-1

そこに人間の悪意をすべて陳列したいんです——ナンバーワンキャバ嬢・初美の膨大な知識と強烈なペシミズムに魅かれた浪人生の徳山は、やがて外部との関係を絶ってゆく。圧倒的デビュー作！

王国

中村文則　41360-0

お前は運命を信じるか？　——社会的要人の弱みを人工的に作る女、ユリカ。ある日、彼女は出会ってしまった、最悪の男に。世界中で翻訳・絶賛されたベストセラー『掏摸』の兄妹編！

A

中村文則　41530-7

風俗嬢の後をつける男、罪の快楽、苦しみを交換する人々、妖怪の村に迷い込んだ男、決断を迫られる軍人、彼女の死を忘れ小説を書き上げた作家……。世界中で翻訳&絶賛される作家が贈る13の「生」の物語。

銃

中村文則　41166-8

昨日、私は拳銃を拾った。これ程美しいものを、他に知らない——いま最も注目されている作家・中村文則のデビュー作が装いも新たについに河出文庫で登場！　単行本未収録小説「火」も併録。

掏摸《スリ》

中村文則　41210-8

天才スリ師に課せられた、あまりに不条理な仕事……失敗すれば、お前を殺す。逃げれば、お前が親しくしている女と子供を殺す。綾野剛氏絶賛！大江賞を受賞し各国で翻訳されたベストセラーが文庫化。

しき

町屋良平　41773-8

“テトロドトキサイザ2号踊ってみた”春夏秋冬――これは未来への焦りと、いまを動かす欲望のすべて。高２男子３人女子３人、「恋」と「努力」と「友情」の、超進化系青春小説。

青が破れる

町屋良平　41664-9

その冬、おれの身近で三人の大切なひとが死んだ――究極のボクシング小説にして、第五十三回文藝賞受賞のデビュー作。尾崎世界観氏との対談、マキヒロチ氏によるマンガ「青が破れる」を併録。

どつぼ超然

町田康　41534-5

余という一人称には、すべてを乗りこえていて問題にしない感じがある。これでいこう――爆発する自意識。海辺の温泉町を舞台に、人間として、超然者として「成長してゆく」余の姿を活写した傑作長編。

この世のメドレー

町田康　41552-9

生死を乗りこえ超然の高みに達した「余」を、ひとりの小癪な若者が破滅の旅へ誘う。若者は神の遣いか、悪魔の遣いか。『どつぼ超然』の続編となる傑作長篇。

隠し事

羽田圭介　41437-9

すべての女は男の携帯を見ている。男は…女の携帯を覗いてはいけない！盗み見から生まれた小さな疑いが、さらなる疑いを呼んで行く。話題の芥川賞作家による、家庭内ストーキング小説。

不思議の国の男子

羽田圭介　41074-6

年上の彼女を追いかけて、おれは恋の穴に落っこちた……高一の遠藤と高三の彼女のゆがんだＳＳ関係の行方は？　恋もギターもＳＥＸも、ぜーんぶ“エアー”な男子の純愛を描く、各紙誌絶賛の青春小説！

著訳者名の後の数字はISBNコードです。頭に「978-4-309」を付け、お近くの書店にてご注文下さい。